絆を宿した疎遠の妻

シェリー・リバース 作

琴葉かいら 訳

ハーレクイン・イマージュ

東京・ロンドン・トロント・パリ・ニューヨーク・アムステルダム
ハンブルク・ストックホルム・ミラノ・シドニー・マドリッド・ワルシャワ
ブダペスト・リオデジャネイロ・ルクセンブルク・フリブール・ムンバイ

THE MIDWIFE'S NINE-MONTH MIRACLE

by Shelley Rivers

Published by Harlequin Japan, a Division of K.K. HarperCollins Japan, 2023

シェリー・リバース

イングランド南部ボーンマス出身。幼少期のほとんどを読書で過ごす。結婚して家庭を持ち、現在は読書、執筆、そして愛犬のグレイハウンドと遊ぶのに忙しい。趣味は裁縫と編み物と自分にしかわからない美しさがある古物を集めることだという。

主要登場人物

ヒーラ・ライト……………助産師。
レオ・ライト……………ヒーラの夫。医師。
ジョディ……………レオの妹。故人。
アート・ブラウン……………ヒーラのおじ。
ドクター・ピーターズ……………レオの上司。
ビー……………ヒーラの親友。
ニック……………ビーの婚約者。レオの親友。
トマシーナ・マーチ……………ニックのおば。愛称トムおばさん。

1

ロンドン、マーツ・メディカル・クリニック

ヒーラ・ライトは自分の腹をなで、出産場面が記録された映画を見る七人の十代の少女たちの驚愕《きょうがく》した表情に笑いをこらえた。この講習をするたびに、目の前に迫った出産の現実に衝撃を受ける若い妊婦のぞっとした顔に笑ってしまう。

「すごいキモくない?」一人の妊婦が顔をしかめ、紫のハンドバッグの組み紐《ひも》を指で弾《はじ》きながら言った。

「心配しないで」ヒーラはいつもどおり気楽な調子でなだめた。「赤ちゃんを押し出すことに忙しすぎて、それ以外のことは考えられなくなるから。あくまで自然なことだし、どうにかなるものよ」

少女の誰もヒーラの慰めに納得した様子はなかった。皆、妊娠中何もかもをきちんと行うことに熱心な一方、迫りくる出産と母親になる現実をひそかに恐れてもいる。ヒーラには彼女たちの不安が理解できた。一カ月以内に、ヒーラ自身も初めてこのプロセス全体を経験することになるのだ。ただ、三十二歳のヒーラは、未婚の十代とはまったく違う。

ここマーツが二年前に開業して以来、この予約不要のクリニックは十代の母親に特化した出産準備講座を開いてきた。このクリニックはもともと、地域に数カ所ある診療所の負担と仕事量を減らすための実験的な計画として始まった。どんな事情があろうと、若い女性が助けと情報を得られる場所。十代が批判も非難もされず迎えられる場所。支援、情報、思いやりある医療上の助言だけがある場所だ。これらの講座は大成功したため常設が決まり、近隣のコ

ミュニティにとって重要なサービスとなった。マーツで働く医療スタッフは地域に住むボランティアで、本職の病院勤務の空き時間にシフト勤務をしている。

ヒーラは二カ月前、助産師として働く地元の産院から産休を取ったあと、ここのスタッフになった。週に二日クリニックでボランティアを務めることで、おじの自宅である細長い船《ナロウボート》の中に一人きりで座って退屈し、考えたくないことを考える時間がありすぎる状況になることを避けていた。

ヒーラは再び腹のふくらみを愛《いと》おしげになで、映画が終わって今週の講座の終わりが告げられたことに、無言で感謝の祈りを捧《ささ》げた。腰は痛く、むくんだ足が黒いフラットシューズの中で締めつけられていて、家に帰りたくて仕方がなかった。この一時間は、りんごのスライスと濃いトフィーソースに、ばかみたいな熱心さで焦がれていた。両方とも、熱い風呂の中にゆったり体を伸ばして食べたかった。

「質問は？」ヒーラはたずね、若い女性たちに注意を戻した。「私が出産のために辞める前にみんなで集まるのはこれが最後だから、同僚のサラが引き継ぐ次の講習の前に何かあったら、担当の助産師やかかりつけ医に話をすればいいのよ。みんな力になってくれる。あなたたちの心配事は何一つ、くだらなくもつまらなくもない。どんなにおかしなことに思えても、医師や助産師はどれも聞いたことがあるんだから、恥ずかしがって遠慮しないで。いい？」

「質問があります」一人の少女が、まだ学校に通っているかのように片手を突き上げた。「パートナーとはいつ元に戻れますか？　ええと、体の関係ってこと。だって、あれを見たせいで」今は何も映っていないスクリーンを指さす。「この子を産んだあとは避妊してもらいたいって思うようになったから」

ヒーラは笑い、すぐに少女をなだめた。「出産によってまちまちだけど、通常は性行為の再開は六週間後を勧めているの。約束する、赤ちゃんを腕に抱いた瞬間、出産の大変な部分は忘れるから。でも、あなたが希望するなら、次の講習で出産後の避妊法の選択肢について話すようサラに言っておきます」

三、四人の若い妊婦がその案に熱心に同意したあと、全員立ち上がってドアに向かった。お喋《しゃべ》りし、笑いながら、ぞろぞろと部屋から出ていく。皆口々に、さっき見た場面への自分の意見を述べていた。

最後の一人が手を振ってドアを閉めると、おなじみの重い沈黙と憂鬱が体内を巡り、ヒーラはゆっくり椅子から立ち上がった。ヒーラとあの七人の少女たちの違いは、彼女たちは全員、第一子の出産を隣にいるパートナーと共有する予定があることだ。恋人にせよ、母親にせよ、兄弟にせよ、あの七人には幸運にも、長時間の陣痛の間励ましてくれる人がいる。一方、ヒーラは一人で出産に立ち向かう。赤ん坊の父親はヒーラを励ましと愛情の言葉で安心させてはくれない。陣痛が強くなったときに手を握り、褒めてもくれない。子供の父親は、ヒーラの妊娠の最後の四カ月間と同様、出産時も不在なのだ。ヒーラが荷物をまとめ、彼のもとを去った晩からずっと。

ヒーラはため息をつき、部屋の隅の大きなデスクの真ん中に置かれた青い診察かばんに手を伸ばした。

午後の陽光が、クリニックの駐車場に面した大きな窓からその一帯を温め、普段は見えない空中の埃《ほこり》の粒を照らし出している。くるくると舞うそれらの粒に、ヒーラは共感した。存在はしているが、着地して長期の住みかとする特別な場所は持っていない。自分が本当に求められている、決まった場所はない。

フォルダー数冊をかばんに突っ込み、残りの私物を探す。クリニックでの勤務が終わるのは来週だが、最終日まで全部は残さないよう、毎日少しずつ私物を集めていた。クリニックでのボランティアは楽しかったが、妊娠が進むと、体力が尽きるのが一週ごとに早くなり、疲れきって帰宅することが増えていた。赤ん坊が生まれる前に準備しなくてはならないことがまだたくさんある。それらを一人でやるのがいやで、わざと先延ばしにしていた。子供の父親が良い方向に変わることを期待していた。だが、そうはならず、今後は何もかもを一人でやることになりそうだった。少なくとも、赤ん坊が生まれるまでは。

デスクから日記を取ると、薬指の皮膚にぐるりとついた細く白い筋に視線が引かれた。かつて結婚指輪がはまっていた部分だ。一週間前、涙と自己憐憫《れんびん》の発作中に指輪を外した。長く孤独な夜、指輪とかつてそれが象徴していたすべてが、幸福と愛情を信じていたヒーラを何度も嘲笑《あざわら》った。

破壊的で異常な子供時代を送ったヒーラは、普通の幸せな人生が、完璧な結婚が手に入るという夢物語が、ついに自分のものになったと想像するほど愚かではないはずだった。父が重ねるつかのまの破滅的な関係と、世界中をさまよい、偽りの夢を追いかけたいという父の絶え間ない衝動を見てきたおかげで、そんな現実は存在しないと学んだはずでは？

実際には、分別は身につかず、夫との関係は特別だと思っていた。この関係は永遠に続き、自分は父のような恋愛の壊し屋ではなく、満ち足りた普通の人生を送る責任ある大人だと世間に証明できると。何しろ、親の過ちを頻繁に目撃してきたのだから、それと似たような過ちを犯すはずがないのでは？

だが、自分が考え、信じてきたすべてとは裏腹に、ヒーラは愚かにも過ちを犯したようだった。

父の金が尽き、滞在していたホテルから追い出されたせいで、知らない街の舗道の上で眠ったいくつもの晩に、何度も決意してきたのに。あるいは、父がまたも出会い、偽りの恋に落ちた新たな女性と一緒にいる間、一人でバルコニーに座っていた昼間に。別の部屋で二人が体を重ねる間、放置され、無視されて。ヒーラはこれらの決意をすべて忘れ、愚かにも一人の男性を愛したが、彼はヒーラが思っていたほど深くは愛してくれていないことがわかった。そして今、あと数週間で子供が生まれるというのに、ヒーラの孤独は日ごとに増しているようだった。

かばんを閉じると、ドアのノック音が、鬱々と考え込んでいたヒーラの注意を引いた。心にもない明るさを声音に込め、ヒーラは言った。「どうぞ」

午後の受付係のトゥルーディが、一九五〇年代のハリウッドの女優の卵のような服装でドアを開け、ヒーラに明るい笑顔を向けた。背が高くておしゃれなトゥルーディは、ヒーラとは正反対のタイプだ。

「今日は終わりですか？」トゥルーディはたずねた。

「荷物をまとめているところ」ヒーラは心にもない笑みを浮かべて答えた。「でも、嬉《うれ》しいことに、もうすぐ週末よ」病院でフルタイム勤務をしていない今、イースターの週末を丸ごと休めるという珍しい贅沢《ぜいたく》が味わえるため、ヒーラはそれをめいっぱい楽しむつもりでいた。私生活の惨状を考えると、楽しむというのは大それた目標だが、これ以上のたうち回りながら過ごしたくはなかった。数週間前に編み始めたレモン柄のベビーブランケットを、型紙の写真とは似ても似つかないながらも完成させ、赤ん坊の誕生に必要な物をすべて買い揃《そろ》えるつもりだった。

「やることが山ほどあるの」ヒーラは続けた。それは厳密には事実ではなかったが、自分にとって週末は一週間の中で最悪な部分であり、関節炎を患った老人の爪先が糖蜜の中を進むように時間がのろのろ過ぎるせいで、完璧ですばらしかった人生が数カ月後には恐ろしくておぞましい大混乱へと変化した自分を慰める不要な時間ができてしまうのだという説明を、トゥルーディが聞きたいとは思えなかった。

「リース・ニューマンが恋人と来て、腹痛を訴えていることをお知らせしようと思いまして。リースを診ている先生の補佐をしてもらえませんか？　リースはあなたがいたほうがお行儀よくなるので」

リースは妊娠五カ月の十代で、妊娠のあらゆる面にてこずっていた。人生の半分を養護施設で過ごし、二つの学校を退学になったと、ヒーラと初めて会った日に誇らしげに教えてくれた。ひどく粗野で、攻撃的になることもある。医師の助言をほとんど無視し、次々と犯罪を犯すせいでくっついたり離れたりする恋人について回っている。安定した家庭生活も生みの親との関係もなく、騒ぎを起こすことを何よりも愛していた。

ヒーラはうなり、かばんを肩に掛けた。いつもならリースの無礼な態度に向き合う気になっただろうが、今日は疲れすぎていた。「行かなきゃだめ？」

「新しい先生なんです」トゥルーディは言い、ドア枠にもたれた。「うまくいくとは思えません。リースが初対面の人にとる態度はご存じでしょう」

「新しい先生？」ヒーラはたずねたが、ぼんやりとしか聞いていなかった。クリニックのスタッフの一部はボランティアで構成されているため、医師の出入りがあるのは珍しいことではない。数カ月間留《とど》まる人もいれば、数日、数週間で辞める人もいる。

「お会いするのをお楽しみに」トゥルーディはにっこりして言った。「イケメンです。人気スターベストテンに入る俳優よりもセクシーで、肩につく長さのウエービーな黒っぽい髪がすてきなんです」自分の肩をたたき、うっとりほほ笑む。「女性ならあの髪を引っ張るいやらしい想像をしてしまいますよ」

「金曜の午後はドクター・ピーターズだと思っていたけど」ヒーラはドアに向かって歩きながら言った。ドクター・ピーターズは地元の病院の救急外来科長だが、このクリニックでも週に三、四日ボランティアをしている。ヒーラはよく知っている医師だが、今のところシフトが重ならないため、クリニックで働き始めてから彼に会ったことはなかった。

「普段はそうですが、アメリカにいる娘さんのもとに飛んでいかなくてはならなくなったんです。娘さんのお子さんが病気で、病状が思わしくないようで。それで、ご自分でこの新しい先生に二週間の代理を頼んで、火水金のシフトに入ってもらうことになさったんです。あの先生が入ってきて私に話しかけたときは膝が震えました。すてきな茶色の目。溶けたトリュフみたい。濃厚で、女性はとても心穏やかではいられません。それに、あの低音の声……ハア」

「本当に？」ヒーラは返事をしたが、それは新任医師に興味があったからではなく、トゥルーディの期待に応えるためだった。男性とは金輪際関わりたくなかったし、ハンサムな男性にまたのぼせ上がりたくなかった。それに、臨月になると、唾が湧くのはトフィーに覆われたお菓子を食べるときだけだ。よりによって医師は、ヒーラの選択肢にはなかった。

「お帰り前にラズベリーティーはいかがです？」トゥルーディはそう提案して後ろに下がり、ヒーラが部屋から廊下に出られるようにした。

喉元に吐き気がこみ上げ、ヒーラはたじろいだ。迷惑なその味をのみ下し、頭を振る。家に帰りたかったが、気難しいと思われたくなかったので、こう言った。「ジンジャーレモンがあるなら考えてもいいけど。ラズベリーティーはつわりを思い出すの」

トゥルーディは笑い、二人は診察室に向かって廊下を歩いた。「私にとってのジャムサンドイッチはつわりを和らげると誰かに教えられて、確かにある程度は効果があったんですが、今ではいちごジャムの匂いを嗅ぐと近くのトイレに駆け込みたくなるんです。お子さんが生まれるのは楽しみですか？」

今回、ヒーラのほほ笑みは本物だった。「待ちきれないくらい」

「性別はわかっているんですか？」

「いいえ、サプライズにしたくて」ヒーラは言い、個人的な方向に話が進む前に話題を変えようと、こうたずねた。「リースはどの診察室にいるの？」

トゥルーディは廊下の突き当たりの部屋を指さした。「三号室です。帰る前にスタッフルームに寄るのをお忘れなく。私が気づかないと思って、こっそり家に帰らないでくださいね」

ヒーラは無理にほほ笑み、約束した。「了解」

診察室の方向に歩きながら、再び腹をなでる。もしリースの機嫌が悪いのなら、莫大《ばくだい》な忍耐が必要になるだろう。これからの数分間は大変なことになると、第六感が告げていた。ただ、その予感が実際にどれほど正確であるか、このときはわからなかった。

レオ・ライトは妊婦の患者の話を聞き、顔をしかめた。この女性も一緒に来た若い男性も、診察室に入ってきてからずっと文句を言い、口論している。レオは何度も口を挟み、二人が来た理由を突き止めようとしたが、この若い女性が何に苦しんでいるのか今もわからずにいた。女性の動きを観察することから得た唯一の手がかりは、彼女がしょっちゅう顔をしかめ、腹の右側に手を置いていることだった。

「リース、君が落ち着いてくれたら」レオは声を低く保ち、忍耐強く親しみを込めた口調で提案した。「今日君がここに来た理由を何とかできるんだが」

「要するに、愚痴を言うのをやめれば、先生は助けてくれるってことだよ」恋人が携帯電話の画面から視線を離さずぶつぶつ言った。

若いカップルは口論を再開し、レオはため息をついた。この味気ない、なじみのない部屋にレオが立っているのは、上司の頼みを聞き入れたから、そして、妻に会うことをひそかに期待したからにすぎない。普段は自宅の窓から姿をちらりと見るのがせいいっぱいで、それは妻が家を出ていったとはいえ、今も近所に住んでいるおかげだった。レオはつかのま、たいていは歩き去る妻の後ろ姿を見つめていた。この数週間、ヒーラはレオを避けているように見えた。二人の問題はすぐにでも解決しなくてはならない。お腹の赤ん坊に関するショートメッセージやEメールを時々やり取りするだけでは不十分だ。まともなコミュニケーションを欠いたこの状態が長く続きすぎていた。赤ん坊の誕生はわずか数週間後で、レオがそこに関わることは不可欠だ。何としてでも今よりも近くに行きたい。どんな立場でなのかはわからないが、何も言わず疎遠になり、わざと相手を避けている状態は、互いのためになっていなかった。

自分が犯した過ちの償いを試みる時が来た。レオは今では、人生でただ一人大事な人を、意図せず傷つけたことを理解していた。妻を。ヒーラを。

ヒーラの信頼を打ち砕いた苦悶《くもん》から、レオのあらゆる部分がそこら中を殴り、泣きわめきたがっていた。ほかならぬ自分が、ヒーラの美しい灰色の目に苦悩をにじませ、彼女の世界を破壊したのだ。二人の結婚を損ない、世界一すばらしい、優しい女性をぼろぼろにしたのだ。なぜか？　妹の死以来、心の中に広がった動揺が大きく強くなりすぎて、大事な人を一人残らず遠ざけたからだ。自分を食い尽くすっ圧倒的な罪悪感が処理できず、自分の殻に閉じこもったからだ。本当は、死にかけた人間が呼吸と希望にすがるように、妻にしがみつくべきだったのに。

昨年十一月、妹のジョディは薬物の過剰摂取で死んだ。レオは妹を救えなかった。これほど長い間、医療を学び、実践してきたのに。医学書と実地試験の合格に費やしてきた年月は何だったのか？　赤の他人は助けられても、病んだ妹に助けを求められたとき、依存症を食い止め、命を守ることはできなかった。それどころか、自分が最も必要とされたときに妹を突き放すという罪まで犯した。

三日間、レオは病院のベッド脇に座り、ジョディが昏睡《こんすい》から目覚めることを祈ったが、結局妹は静かに諦め、事切れた。レオにごめんもさよならも言うチャンスを与えることなく、この世を去った。

それから何週間もの間、悲嘆と絶望がレオの生活のすべてをのみ込んだ。静かな時間があると悔恨がレオを捕らえ、良心に嚙《か》みつき、心をかじり取った。

レオは妻の腕の中に慰めを求める代わりに、自分を蝕《むしば》む荒涼とした絶望に妻を引きずり込むのがいやで、彼女に背を向けた。ジョディの死に対する自分の責任を、誰にも認めたくなかった。もしヒーラが真実を知ったら、レオが自分を守ってくれる男だとは思えなくなり、ただの落伍者《らくご》だと思うようになっていただろう。妻がひそかに向けてくれていたヒーローへのまなざしは消え、レオが愛する人を守り、助けることのできない役立たずであることが露呈したただろう。治療ができない無能な医者であることが。

そして、レオが平気なふりをし、苦悶を内に秘めたまま数週間が経《た》つと、ついにすべてが破綻し、レオは打ちのめされ、理性的な思考と正常な行動ができなくなった。悔恨と非難の内なる地獄に引きこもるうちに、暗闇と羞恥以外の何も感じなくなった。

あれから何カ月も経った今も、自分がなぜあのような反応をしたのか理解できなかった。あるいは、なぜ心から愛するただ一人の人を傷つけたのかも。

レオは目を閉じ、過去の感情が表に出てきそうになったときに言うよう悲嘆《グリーフ》カウンセラーから提案された言葉を心の中で繰り返した。カウンセラーの助けを借りて、レオは自己非難と抑鬱と悲しみの中を旅し始めた。それは簡単ではなく、時間もかかるプロセスだったが、週に一度のカウンセリングごとに、徐々にジョディの死を受け入れ、すべてを正しい筋道で考えられるようになった。妹の生前の自分の行動や決断がジョディの死を招いたのではない。カウンセラーの助けにより、それがわかり始めていた。

カウンセリングを強く勧めてくれたのは、レオの不安と抑鬱の兆しに気づいた上司のドクター・ピーターズだった。上司の助けがなければ、レオは医師を続けられず、地元の病院の救急外来での職も失っていたかもしれない。昨日取り乱した様子で現れ、自分が国を離れて娘と深刻な症状の孫のもとに行けるよう、マーツでの毎週のシフトを一時的に交代してくれるよう頼み込んできたのも、ピーターズだった。レオは二つ返事で引き受けた。ピーターズの頼みであれば何でも歓迎だったが、自分がクリニックで働くことになったと知ったとき、別居中の妻がどんな反応をするかは考えたくなかった。けれど、同業者として、友人として、上司を助け、恩を返すチャンスを優先したかった。

診察台に座っている若い女性に注意を戻し、レオは提案した。「脇腹に手を当てている理由を教えてくれるというのはどうかな？」

またも彼女はレオを無視した。

「そこが痛む？」レオは機嫌をとるように言った。

「あなたとは話したくない」少女は言い放った。

ドアがノックされ、レオは返事を免れた。若い女性患者に短くうなずき、ドアに近づいていって開ける。そしてついに、あらゆる思考につきまとっている女性と顔を合わせることになった。

レオは取っ手を握りしめ、視線を落として、妻の大きすぎる不格好な青い制服の下で育っている子供の形を見た。自分がそばにいたくてたまらない子供。男の子でも女の子でもいい。ただ、この子の父親になりたかった。何とかして、それができるくらいヒーラとの関係を修復しなくてはならない。お腹の子のために、それが不可能な任務でないことを祈った。

「やあ」レオは穏やかに言った。「入って」

「レオ？」ヒーラの心臓は止まり、脳はドア口に立つ男性を認識しようとした。この数カ月間、時々メールで赤ん坊の健康と成長の報告をする以外は避けてきたのに、その男性が今、ヒーラが彼の存在から安全でいられると思っていた唯一の場所にいた。

ヒーラはかばんのキャンバス地の紐を握ってまっすぐ立ち、体のほかの部分のように崩れ落ちそうにならないよう、脚に力を入れた。自分が崩れ落ちたら、レオはどんな反応をするだろう？　床から抱き上げる気遣いを示すのか、この数カ月間と同じく、ショックの塊となった体を床に放置する？　ヒーラは存在せず、自分には無関係だという態度をとる？

ヒーラは偶然は信じていない。だが、悪運は信じていて、人生が再び悪臭を放つ悪運をヒーラの通り道にバケツでぶちまけることを選んだように思えた。

「やっと」レオの背後で少女の声が不満げに言った。「知ってる人が来た。ねえ、ミス・ライト、この人に、私に構わないでって言ってくれない？」

「ごめんなさい」ヒーラは口ごもり、心臓の音が、千本もの指がこつこつと打ち鳴らす音のように轟《とどろ》いた。「部屋を間違えたみたい」

ヒーラは震えながら、向きを変えかけた。この男性と、そのハンサムな顔を一目見たとたん始まった記憶の噴出から何としても逃れたかった。かつて指でなぞり、キスと敬意の雨を降らせた、力強い目鼻立ちのくっきりした顔。ブロンズ色の肌はすべすべしているときもあれば、黒い無精ひげに覆われているときもあり、それはヒーラの指先と、彼だけが暴き、探求したヒーラの一部をちくちく刺した。

「ヒーラ」

何週間もの沈黙のあと彼の唇から発せられた自分の名前の響きに、ヒーラは身をこわばらせて振り返った。廊下の明るい人工的な光が、ヒーラがかつて、二人が分かち合ってきたすべてを彼が破壊するまでは崇《あが》めていた男性を照らし出した。

ヒーラは頭を振って歩きだした。リースとその赤ん坊の健康のためであっても、その部屋に入り、かつて愛した男性がそこにいないふりはできなかった。三十センチ以内に彼が立っていないふりは。なじみ深い体がその空間を占め、何週間も何日も頭から締め出してきたことを思い出させないふりは。そんなことはできない。患者のためでも。今回は。

長くつらい数カ月間、粉々になった人生の破片を再び集めようと頑張ってきた。ほかに選択肢がなかったため、レオに見捨てられた痛みは無理やり脇に置き、直視することを拒んで、仕事に没頭してきた。そして今、ようやくバランスを取り戻したと思えるようになったとき、こうしてレオが現れ、またもヒーラの平静をひっくり返し、揺さぶってきたのだ。

「だめ。ごめんなさい、私――」

「ヒーラ、待ってくれ」

その低い声がヒーラを包み、誘い、かき立てた。レオはヒーラの夢を苛《さいな》むだけでは不十分だったのか？　ヒーラが二人の関係について真実だと思ってきたことはすべて単なる嘘《うそ》だったと彼が突きつけてきた最後の会話を、繰り返しリプレイさせるだけでは。

「だめ」ヒーラはもう一度ささやき、視線を落とした。こんなことはできない。この遭遇は遅すぎる。あるいは、早すぎるのかもしれなかった。

レオはヒーラに手を伸ばしたが、ヒーラは触れられたくなくて振り払った。かつてはその指に体を触られることに焦がれ、肌を愛撫《あいぶ》されることを欲したが、今では想像するだけで胃が痛み、肌が粟立《あわだ》った。

この男性はかつて、家族と友達でいっぱいの教会の前方で、ヒーラの指に金の指輪をはめてくれたのだ。ここから五キロも離れていない教会で。そして、ヒーラを愛し、敬うと誓い、完璧な結婚生活を一年間続けたあと、遊ぶのに飽きた古いおもちゃのように、ヒーラを自分の人生から捨てたのだ。

「ねえ、ミス・ライト」二人の医療従事者の間の緊張感には気を留めず、リースが呼びかけた。「話したいことがあるんだけど」

レオは後ろに下がり、患者に注意を戻した。「ミス・ニューマン、君は助けが必要だと言ったからここにいるんだ。ほかの患者さんが受付で待っている。本当に私たちの力を必要としている人たちだ。だから、最寄りの病院の救急外来で何時間も待ちたくないなら、何がどうしたのか正確に教えてほしい」

ヒーラはすべての感情と個人的欲望を脇に押しやり、ためらいとプライドをのみ込んで部屋に入った。リースが待つ場所に向かい、この状況と議論好きな十代の主導権を握る。「リース、ドクター・ライトにどうしたのか話して。力になってくれるから」

リースはふくれっつらになり、腕組みをした。

ヒーラはため息をつき、有無を言わさぬ助産師の声音を使った。この少女に対処するには、これが最善だとわかっていた。リースが怯《おび》えているときによく隠れ蓑《みの》にする、強気な見かけにだまされてはいけない。この少女の中には、昔のヒーラの心の中にあったのと同じ形の不安と自信喪失があることに、ヒーラは気づいていた。自分の家庭生活が標準モデルと違うというだけで、世界中が自分に軽蔑と嫌悪の目を向けていると思い込んでいる。ヒーラが助産師の仕事を通じて学んだのは、標準的な家族など存在しないということだ。どの家族もそれぞれに違う。

「あなたは理由があってここに来たんでしょう」ヒーラは続けた。「それは時間を無駄にすることじゃないはずよ。痛みがあるの？　すごく顔色が悪いけど。私が処方した鉄錠剤はのんでる？」

リースは後ろめたそうに肩をすくめた。「あれ、なくしちゃったんだ」

「帰る前に、新しい処方箋を書いてあげる。あれを飲むのは重要だから。それで、どこが痛むの？」

すると、リースはため息をつき、恋人に怒りの視線を向けてから言った。「私、弱虫じゃない。みんな私を弱虫だと思ってるけど、本当にこの脇腹のところが痛いの。何回も吐いたし。単に妊娠のせいだと思ったけど、わからない。何かがおかしいの」

レオが近づいてきたが、主導権はヒーラに渡したままだった。

「リース、ドクター・ライトが診察する間、私があなたの体を触っていい？」ヒーラはたずねた。

「どうぞ」リースはため息をついた。今は誰かが自分の不安に耳を傾けてくれているため、驚くほど愛想がいい。ヒーラを不安げに見つめる若く動揺した目は、傷つきやすそうに光っていた。「赤ちゃんに何かあったんだと思う？」

「そのことはまだ心配しないで」ヒーラは慰め、リースの腕を軽くたたいた。「さあ、横になって、正確にどこが、どんなふうに痛むか教えてくれる？　鈍い痛み？　それとも、差し込むような痛み？」少女の腹の右側の、妊娠のふくらみの下にそっと手を置く。「ここを押していたら、私が手を離したときに痛みは強くなる？　弱くなる？」

ヒーラが手を離すと、リースはあえぎ、ヒーラをじろりと見て答えた。「強くなった」

ヒーラがレオを見ると、彼の目にも同じ疑念が浮かんでいた。「吐き気の発作もあったのね？」

「うん」リースはうなずいた。

レオは励ますようにほほ笑み、ヒーラを見た。

「慢性虫垂炎のような気がする。君はどう思う？」

「可能性は高いですね」ヒーラも同じ結論に達していたため、その予測に同意した。

リースの痛みと不快感の原因に関して二人の意見

が一致した今、レオが主導権を引き継いだ。「救急車を呼んで、中央病院に搬送してもらうから、向こうに着いたら検査と正確な診断をしてもらおう」

「危険なのか？」リースの恋人がたずねた。「赤ん坊が死んでしまうんじゃないだろうな？」

レオは男性のほうを向いた。「嘘をつくつもりはない。深刻なケースでは、命に関わることもある。リースが病院に行って検査を受けることが重要だ」

ヒーラはリースが診察台から下りるのを手伝った。「鉄錠剤の新しい処方箋を書くから、受付で会いましょう。それを受け取るまで帰っちゃだめよ」

ヒーラは若いカップルに続いて部屋を出て、自分を見ているレオは無視した。職務を果たし、リースを助けはしたが、自分の心を傷つけたことにも、過去の自分がひそかに見ていた愚かで大切な白昼夢を奪い、一つ残らず打ち砕いたことにも無頓着な男のために、それ以上のことをする義理はなかった。

2

「サプラーイズ！」

ヒーラは飛び上がり、狭いスタッフルームいっぱいに同僚が集まっているのを見て、出口に駆け寄りたくなった。医師、看護師、受付係、クリニックの事務員までもが、反応を待つ人特有の明るく熱心な顔つきでヒーラを見ている。とたんにヒーラは、救急車で運ばれるリースを見送ってすぐに家路につかなかったことを後悔したが、その衝動と良心が戦った結果、トゥルーディとフルーツティーを飲んだらすぐ帰ろうと、しぶしぶスタッフルームに来たのだ。

だが、家に逃げ帰るチャンスが明らかに遠ざかった今、その決意を実行することはできなくなった。

ヒーラのシフトは終わったのに、トゥルーディが強くお茶に誘ってきた本当の理由はこれだったのだ。ヒーラの視線はトゥルーディが手にしている鮮やかな包装の贈り物の山に飛んだ。ああ、また出産前祝い《ベビーシャワー》だ。ヒーラはすでに、正式な産休に入る前に病院の同僚にこの苦悶《くもん》を経験させられていた。人生が順調であるふりをし、同僚の優しさから出た行動のせいで崩れ落ちておいおい泣きたくなっている気配は隠さなくてはならなかった。そして今、クリニックの同僚の親切な行いにより、また同じ気持ちになっている。今回は、直前にレオとでくわしたせいで内心の痛みを隠す気力がなかった。

　涙をこらえ、無理にほほ笑み、この演技が下手でないことを願った。「何て言えばいいのかしら」

「ベビー用品を用意しました」トゥルーディが近づいてきて、ヒーラを中に引き入れた。腕をつかむ彼女の力の強さから、ヒーラは自分の演技がお粗末だったことを悟った。「赤ちゃんに特別な物を贈りたかったから、みんなで相談して、私たちを覚えていてもらうためのささやかな贈り物を買ったんです」

　ヒーラは感動し、涙がこぼれ落ちそうになりながら、背後に動きを感じて振り返ると、レオが自分を見ているのがわかった。白衣から見慣れた黒のジャケットと色褪《あ》せたブルージーンズに着替え、ドア口に立っている。部屋を走って横切り、レオの腕の中に身を埋《うず》めたい衝動が、ヒーラの中でうずいた。

　レオを〝イケメン〟と称したトゥルーディは正しい。ワイルドな、あごが角張ったタイプのハンサムだ。茶色の優しい目に、肩の上で波打つ豊かな茶色のウエービーヘア。十代の頃のバイク事故で、鼻はわずかに曲がっている。不完全な顔になりそうな目鼻立ちだが、実際には正反対だ。目鼻立ちは完璧に調和がとれている。天才彫刻家の巧みな指が丁寧に、愛情を込め、何日もかけて彫り出したかのように。

完璧なバランスになるまでやめなかったかのように。

ヒーラは向きを変え、トゥルーディから贈り物を受け取り、彼女のあとについてほかの人々のほうに向かった。偽の、使い慣れてはいるが大嫌いな幸せの表情を作る。この数カ月間、第二の皮膚として作り上げてきた表情。一人きりのときにしか消さないため、誰にも内心のみじめさは想像できない表情だ。

ヒーラはつかえながら、一同に向かって言った。

「こ、ここまでしてくれなくてもよかったのに」

ヒーラはほかの人々に注意を向けているよう装っていたが、頭の中は背後にいる男性への疑問でいっぱいだった。二人の間には空間があるのに、彼の存在が消えない印のごとく肉体に刻まれている気がした。レオはこのクリニックで何を？　ドクター・ピーターズが代理を頼んだとトゥルーディは言っていたが、レオは好意や昇進を勝ち取るために上司の命令に進んで従う新米医師ではない。ドクター・ピーターズに次ぐ地位に就いているし、救急外来の仕事を愛している。なのに、なぜこのクリニックに？　ドクター・ピーターズの代理ならほかにいたはずだ。

ヒーラは悩みの種の男性を再び見た。レオはすでに部屋の中に入っていて、とても大きなかわいいきりんのぬいぐるみを半分わきの下に挟んで抱いていた。ふわふわしたかわいい顔がヒーラを見つめ返す。

このシナリオはすべて間違っている。最近まで愛していた男性を見ていると、また涙があふれそうになった。幸せで陽気な人々だらけのこの部屋から出て、自分だけの秘密の穴に潜り込みたくてたまらない。この赤ん坊を一緒に作った男性は今、きりんのぬいぐるみを抱いて、ヒーラと同じくらい居心地悪そうに立っているのに、それでもとろけそうなほどイケメンだった。クリニックの誰もヒーラの夫が何者なのかは知らず、ヒーラもこの新任医師がお腹の子の父親であることも、自分たちの結婚が崩壊していることも認めるつもりはなかった。今はただ、感情を破綻させず十分間をやり過ごしたいだけだった。レオと顔を合わせながらクリニックで働く日々を、どう切り抜ければいい？　今日で辞め、最後の二日間は代理の助産師を手配してもらうしかない。頻繁な疲労感を口実に、予定より一週間早く退職するのだ。この数カ月間、クリニックは不安や心配事から離れられる聖域になっていた。他人の問題や健康不安に対処する場所。患者一人一人が、ヒーラ自身の人生のごたごたからの理想の気晴らしだった。

レオは単なる男性でも医師でもない。それよりずっと大きな存在だ。かつてはヒーラのすべてだった。ヒーラの人生。ヒーラの夢。ヒーラの全部。

ヒーラは泣かないよう、下唇を噛《か》んだ。レオから視線をそらす。泣くのは時間の無駄だと誰よりも知っていた。涙が安心と平穏をくれるか？　違う、涙は気分を落ち込ませ、惨めな思いをさせるだけだ。

レオとトゥルーディが輪に入ってきた。トゥルーディはヒーラにカードを数枚渡して説明した。「レオがすてきなポーズをとらせているきりんは、ドクター・ピーターズが買って送ってくれたんですよ」

ヒーラはほほ笑み、数週間ぶりに小さな喜びの波が体内を駆け抜けた。ドクター・ピーターズとはレオの仕事を通じて何度も会っていた。今、ドクター・ピーターズがヒーラをどう思っているのかはわからない。レオの妹の死後まもなく家を出たヒーラをひどい女だと思っている？　カップルが別れると、人はどちらかの側につくものだ。彼はレオ側についた？　もしそうなら、きりんはくれないのでは？

「何て優しいの」ヒーラは言い、ぬいぐるみのほうを向いた。レオと目を合わせないよう注意し、片手できりんをなでると、フラシ天の毛皮に隠れていたレオの指先に思いがけず指先が触れ、小さくあえいだ。「ごめんなさい」ヒーラはささやき、その接触から螺旋《らせん》を描く熱の波が腕を這《は》い上がるのを感じた。手を引っ込め、近くに立つほかの人々に注意を戻す。

「レオ」トゥルーディがレオを見て勢いよく喋《しゃべ》り始めた。「きりんを椅子に座らせたらいかがです？シフトも終わりましたし、皆さんに紹介させてください。ヒーラにはもうお会いになりましたよね」

ヒーラが黙っていると、二人は歩き去り、途中で空いたプラスチックの椅子に巨大なきりんを置いた。レオがスタッフと仲良くなる様子を見なくても、ここで働き続けることが耐えがたいのはわかっている。たとえ数日間でも。もし自分の患者が同じ状況に置かれれば、新任者の交代を上司に掛け合うか、自分が職を辞することを考えるよう助言するだろう。

別居中の夫と同じ建物内で働きたくないとヒーラが希望したところで、クリニックがそれを理由にレオに退職を促すとは思えない。ドクター・ピーターズがレオの勤務を希望している限りは。それに、ヒーラはじきに辞めるボランティアの助産師なのだから、ヒーラが辞めるほうが筋が通っている。

ヒーラはため息をつき、贈り物とカードの山を見下ろした。なぜレオは、ヒーラが辞める予定の数日前に姿を現したのだろう？　わざとそうした？

誰かがオレンジスカッシュが入ったプラスチックのコップを渡してきた。ヒーラはそれを受け取り、何気なく壁の時計を見た。失礼にならずに帰れるまで、あとどのくらいだろう？　十五分？　もっと？

「ご心配なく」トゥルーディが再びヒーラのもとに来て言った。「新しい患者が群れを成して受付に来たところなので、あと数分で帰れますよ」

ヒーラはため息をつき、後ろめたそうにたずねた。

「私、そんなにあからさまだった？」

「いいえ、ただあなたは臨月の妊婦さんですし、その時期の感覚は私も覚えていますから。私は出産前の数週間、家中を片づけたい気持ちと隙あらば昼寝したい気持ちの間を行き来して過ごしていました」

ヒーラはほほ笑み、この女性をさらに少し好きになった。「実は、私も今すぐ昼寝がしたい気分よ」

トゥルーディは笑い、部屋の向こう側で二人の女性スタッフと話しているレオを指さした。「ほら、やっぱりレオは人気者ですよ」

二人の女性が夫の気を引こうと張り合っているのを見て、ヒーラは泣きたくなった。自分が歩いていって、レオの顔を両手で挟み、唇に盛大にキスをしたら、二人はどんな反応をするだろう？〝レオは私のものよ、戻ってきて〟と、ここから叫んだら？

もちろん、そんなことはしない。今は。それでも。ばかげたヒステリックな笑いが喉元にせり上がり、ヒーラは恥をかく前にその音をごまかそうと咳《せき》をした。携帯電話の電子音に、部屋の反対側の三人から注意がそれた。かばんから携帯を取り出し、画面を見ると、設定した覚えのないアラームが鳴っていた。

「ごめんなさい、トゥルーディ」ヒーラは嘘《うそ》をついた。「本当に行かないと。人と会う約束があるの」

トゥルーディはうなずいてほほ笑んだ。「きりんを外まで運ぶよう、レオに言っておきますね」

「大丈夫、自分で持てるから」これ以上レオと近づきたくなくて、ヒーラは言った。産休を楽しみ、赤ん坊に集中したい。レオや将来に関する決断を急ぐ必要はない。貯金がいくらかあるし、おじがフランスのワイナリー巡りをしている間は家賃不要のおじのナロウボートに住めるため、支出は抑えられる。

「何言ってるんですか」トゥルーディは一蹴した。「実は、レオがあれを抱いているところが見たいんです。あのきりん、あの人に似合ってるから。子供はいるのかしら。結婚していると思います？　私、離婚してからは男性と無縁だけど、レオのためならセクシーな下着を引っ張り出しますよ」

「さあね」ヒーラは言い、最後に一度レオに視線を向けてから、空いた腕でぬいぐるみを抱き上げた。

「口先だけで約束を守らないタイプに見えるけど」

トゥルーディは顔をしかめた。「そうですか?」

ヒーラはうなずいた。「ああいう男に恋するのはおばかさんだけ。これは断言できる」

「ヒーラ」

心臓がどきりと音をたてたが、ヒーラはクリニックの正面の受付に続く長い廊下を自分と並んで歩く男性を無視した。ヒーラが黙っていれば、彼は意図を察してくれるのでは? ヒーラはこれまで二人の間の連絡を、お腹の子のことだけに限ってきた。

「ヒーラ、お願いだ。話があるんだ」

「ごめんなさい」ヒーラは口ごもり、心臓はいっそう強く打った。きりんを体の前で抱いて言う。「私、行かなきゃいけない場所があって。時間がないの」

全部嘘だったが、レオと話をする気になれなかった。なぜレオはスタッフルームに戻って、ほかのスタッフとのお喋りを再開しないのだろう?

ヒーラは震えながら歩調を速め、この男性と、彼の近くにいるときに始まる記憶の噴出から逃れようとした。この地球上のすべてがすばらしく、善良な男性を見つけたと信じていた幸せな時代の記憶。レオがそのすべてを台なしにするずっと前の。

「ヒーラ、お願いだ」

ヒーラはいらいらと言った。「何なの、レオ?」

何週間もの間、ヒーラは木っ端微塵《みじん》になった人生の断片を必死に拾い集め、生き続けようとしてきた。レオの拒絶を脇に置き、前に進もうとしてきた。長い間苦闘してきた荒れ狂う感情の渦に、今さらレオに引きずり込まれたくはない。本当に生き抜けるのかと疑った日もあった。そんなことはどうでもいい日もあった。なぜ今、レオは急に話をしたがるのか? なぜ数カ月前、ヒーラがレオの前にひざまずき、彼の手を握って話をしてと懇願したときではなく？　それが重要で、意味があったときではなく？

「お願いだ、ヒーラ。説明するチャンスをくれ」

その言葉がヒーラを包み込み、誘い、過去をちらつかせてきた。レオがヒーラの思考を多く占めすぎているだけでは不十分なのか？「いやよ」ヒーラはささやいた。心の準備ができていない。何にも向き合いたくないし、このクリニックにいるときはなおさらだ。同僚の最新のゴシップにはなりたくない。

レオはヒーラに触れるかのように手を上げたあと、再び下ろした。かつては彼の手の確かな愛撫《あいぶ》に焦がれ、喜びを覚えたが、今では想像すると腹が立った。

レオは角張ったあごを決然と上げ、近づいてきた。

「ヒーラ、話をしよう。今までのようにメールじゃなく、面と向かって。まずは何らかの合意に――」

ヒーラはぬいぐるみを抱きしめ、指で柔らかなフラシ天をつぶした。レオがヒーラの領域に侵入してくると、慣れ親しんだアフターシェーブローションの樹木系の香りを吸い込まないようこらえた。初めて会ってからまもなく、ヒーラが自由に使えるお金を貯《た》めて買った高価なブランドだ。「何カ月も私の存在を無視したのに、なぜ急に話をしたがるの？」

「それは違う」レオは否定した。「無視はしてない。君がよこしたメッセージや質問にはすべて答えた。君に時間をあげたかっただけだ、だって――」

ヒーラはこれ以上興味が持てず、レオの言い訳を遮った。かつて心と信頼を捧《ささ》げたこの男性に、時間を費やす価値はない。かつてその笑い声と愛の行為でヒーラの心身を満たしたこの男性は、ヒーラを失望させた。レオはヒーラの人生の誰も彼もと同じことをした。状況が厳しくなるとヒーラを捨てたのだ。

レオの額に深いしわが刻まれた。「僕たちの仲違《なかたが》いは、誰のためにもなっていない」

「それは誰のせい？」新たな怒りと憤りで胃がむか

つき、ヒーラは唾をのみ込んだ。頭を振り、レオに近づいて吐き捨てる。「ここでいつまで働く気?」

結婚を放棄しただけで、ヒーラに対する罪はじゅうぶんでは? 二人には何の関係もないかのように、ヒーラがレオの隣でおとなしく働くと本気で思っていたのか? レオがヒーラの体から心を引きちぎり、ヒーラの存在を消しかけたことに目をつぶって?

「二人きりになれるところに行こう、全部説明するから」レオは提案した。「話をすれば――」

「いつまで?」ヒーラは動かず、再び問いただした。

レオはため息をついた。「わからない。少なくとも二、三週間は。ドクター・ピーターズは家族のもとにいなきゃならないから」

「レオ、私のことはじゅうぶん傷つけたでしょう?」ヒーラは言った。「私がボランティアをしているクリニックに来るってどういうつもり? ほかに代われる人はいなかった? 私はあなたにいてほしくないとは思わなかった? だから何も言わなかったの? 私、あなたと同じ建物で働きたくない」

「できれば避けたいことなのはわかるけど、僕はドクター・ピーターズに恩があるんだ」レオは近づき、焦茶の目でヒーラの目を見た。「説明させてくれ」

「いや!」ヒーラはぴしゃりと言い、胸がふくらみ、脚が震えた。後ずさりすると、壁の前のテーブルの縁にぶつかった。ちらしが二枚ほど床に落ちた。

レオは頭を振った。「なあ、悪かったよ、ヒーラ。ここに来たことも、前もって君に知らせようとしなかったことも、あと……その……何もかも」

「どうでもいい」ヒーラは冷たく答えた。どうでもよかった。今は。謝られても仕方ない。ヒーラが出ていった最初の数日間、レオはどこにいた? ヒーラがおじのナロウボートの中にばかみたいに座り、レオの足音やノック音に耳をすましていたとき。じきにレオが現れ、帰ってきてと懇願してくると思っていた。毎日毎晩ぼうっと、レオが現れるのをひたすら待つ儀式は、今ではばかばかしく幼稚に思えた。

暗く静かな時間にヒーラが祈りの言葉を千回つぶやき、二人を引き裂いた何かが修復できることを願っている間、レオはヒーラが家を出ることで残したわずかな幻想を打ち砕くこと以外何もしなかった。最初の数日間、一度も連絡をしてこなかった。ヒーラは苦痛と混乱の中でのたうち回るしかなかった。

二人が別居した最初の数週間で、あらゆる感情が、ヒーラの献身のすべてが、レオへの愛情の最後の一滴までもが消えていった。大切に思っているという嘘をついた誰かに、またも失望させられたのだ。

「あなたが憎い」ヒーラはささやいた。「それがわからない？　過去にあなたに抱いていた感情は消えた。今は、あなたを信じた自分がどれほど愚かだったかを見せつけてきたあなたを憎んでる」

ヒーラが口にした言葉にレオはたじろぎ、顔は無表情になり、険しくなった。「わかるけど――」

不安定な脚が今にも萎えそうになりながらも、ヒーラは歩き去った。この男性の前で倒れるのはまっぴらだった。今回は、前回のように泣いたり懇願したりするつもりはない。頭を高く上げ、自分の未来を体の奥底で安全に守りながら立ち去るのだ。

赤ん坊が軽く蹴ったのをぼんやりと感じ、空いている手をとっさに腹に当てた。この子は気づいたのだろうか？　自分の命を作り出すのに一役買った男性が今、ヒーラが失ったすべてを、今は手元になく、本当は最初からなかった気がする愛情を思い出させたことに。この結婚で本物の愛情はヒーラの側にしかなかったことに。その事実は、過去のどの失望よりも堪えた。やはり今回も、ヒーラの存在も愛情もさほど重要ではなかったというつらく残酷な事実。

レオは足早に歩き去るヒーラの後ろ姿を見つめた。

ヒーラがこれほど速く歩くのは自分から離れるためだと思うと、心の一片がゆっくり割れた。

ヒーラはレオを憎んでいるのだ。それは予想していた。ヒーラの怒りは理解できた。だが、彼女が自分に投げつけた言葉は、今も心を刺し貫いていた。

昨日、ドクター・ピーターズのシフトの穴埋めをすると決まったときにヒーラに連絡するべきだったが、思いつかなかった。違う、クリニックに自分が現れれば妻が迷惑するということを考えたくなかった。電話やメール越しではなく、面と向かってヒーラの反応を見たかった。今思えば、それは臆病で間違った判断だ。ヒーラに予告しなかったせいで、すでに何度も犯している過ちをまた犯してしまった。

ヒーラが聞く耳を持たないのに、どうやってこの状況を解決できる？　レオの近くにいることを嫌い、美しい灰色の目にはもう愛が輝いておらず、不信と嫌悪と苦痛が浮かんでいるのに。

レオは二人の関係を損ない、四カ月前のあの晩、ヒーラが出ていったときあとを追う代わりに、自分の苦悶の中に頭を突っ込み、それ以外の誰の願いや望みも締め出した。自分勝手で愚かな態度をとった。自分がなるとは思ってもいなかった人間になった。

レオはヒーラなどどうでもいいようにふるまった。ヒーラが許せないのはそこだ。ヒーラの動きと自分に向ける視線からそれがわかった。レオもやはり自分を失望させる人間だったという苦痛と落胆。結婚式の日、自分はそうはならないとレオは真剣に約束したのに。ヒーラの目から、レオに裏切られたという許しがたい真実を心が叫んでいるのが読み取れた。

レオは視線を落とし、少し前にヒーラが立っていた場所に落ちている小さな贈り物を見て顔をしかめた。しゃがんでそれを拾い上げ、オレンジ色のうさぎが印刷された鮮やかな黄色の包装紙のかわいらしさにほほ笑む。この贈り物は、レオの子供のために買われたものだ。それでも、さっきレオはスタッフルームの中で、皆がヒーラを祝福する様子を、その赤ん坊の父親は自分だと叫びたい衝動に押しつぶされそうになりながら黙って見ていた。室内の全員に、自分はどこの馬の骨かわからない男ではなく、ヒーラの夫なのだと告げたかった。軽率な行動はとったが、ヒーラを愛するのをやめたことはない男だと。

　レオは贈り物をつかみ、ヒーラが姿を消した方向に目を向けた。急いで去ろうとして落としたのだろう。レオと二人の間のすべてから逃れようとして。

　レオは背筋を伸ばし、同じ道筋を辿《たど》った。一歩一歩を決然と踏み出す。運が良ければ、妻が駐車場を出る前に追いつける。ヒーラの希望がどうあれ、電子機器越しにではなく顔を見て話がしたい。子供との将来の関係のために、現状を改善すべく戦うのだ。

　クリニックのガラスドアを開け、目の前の駐車場に視線を走らせる。見慣れた青い制服が目に留まると、あとを追い、妻が黒い車にもたれているのを見て心配になった。ヒーラは片手をボンネットにつき、息苦しそうにうなだれて車に寄りかかっている。

　二人を隔てる車の間を抜け、ついにヒーラの隣に着くと、レオは問いただした。「大丈夫か？」

　ヒーラは顔を上げたが、その顔からは血色が失われていた。「レオ？」

「どうした？」レオはたずね、ヒーラに近づいた。何かが妻か赤ん坊を苦しめている。どちらの場合でも、原因を突き止めるまで離れるつもりはなかった。

「別に。ちょっとめまいが起こっただけ」ヒーラは答えた。その言葉は不本意そうにゆっくり発せられ、レオに事実だけは認めたくないかのようだった。

「時間は？」レオはヒーラの肘へと手を伸ばした。

「一瞬よ」

「クリニックの中に戻って、少し座らないか？　その感覚が消えるまで」ヒーラが手を振り払わなかったことに安堵《あんど》し、レオは提案した。だが、ヒーラがレオに抵抗しないことで、心配はいっそう深まった。

ヒーラは頭を振った。「いいえ、私は家に帰りたいし、バスがもうすぐ来るから」

「バスのことはいい」レオは一蹴したが、妻が思いがけず無防備さを見せていることに困惑していた。不安定で異常な子供時代から、ヒーラは固い外殻で自分の感情を守ることを学んでいた。相手に本当に心を許していない限り、弱い面はめったに見せない。

「バスはまた来るし、僕が車で送ってもいい」

「けっこうよ。それなら歩くほうがまし」

「ばかなことを言うな」レオは優しく叱った。「僕たちは帰る方向が違うわけじゃないだろう？ それに、人と会う約束があるんじゃないのか？」

ヒーラはレオの質問を無視して言った。「だから何なのよ。私はバスに乗るの」

「ヒーラ――」

「やめて」ヒーラは警告した。「家に帰らせて」

「わかったよ」ヒーラの疲れきった様子を見て、レオは言った。「君は僕と関わりたくないんだな」

「そのとおり」ヒーラは冷ややかに言った。

レオはヒーラの顔のすぐそばまで顔を近づけた。妻にきびきびした様子が戻っていることを内心喜ぶ。体調が回復しつつある兆しだ。「でも、お腹の子は僕の子でもあるから、親としても医者としても、君を一人にはさせられない。僕にできることは？」

「少し座ったほうがいいかも」ヒーラは譲歩した。

レオはあたりを見回し、ベンチか座れるほど低い塀を探した。「ちょうどいい場所がないな。バスに乗れるようになるまで、僕の車の助手席に座る？」

少し間があって、ヒーラは同意した。「うん」

レオはヒーラを車まで連れていき、助手席のドアを開け、妻が革張りのシートに座るのに手を貸した。

「どうしてこんなことを？」ヒーラは大きなきりりん

をレオに押しつけながらたずねた。

「君には助けが必要だから」

「でしょうね」ヒーラは口調の棘《とげ》を隠さず言った。

「ほかに何がある？　私が大事だからのはずがないし。私はしょせん、いてもいなくてもいい妻。妊娠させるのはよくても、追いかけるほどじゃない」

レオはその言葉にたじろいだが、今は二人の結婚とレオの気持ちに関する妻の思い込みを正す時ではない。ヒーラが何と言おうと、いずれ腹を割って話さなくてはならない時は来る。だが今夜は、ヒーラが休めるよう家に送っていくことのほうが重要だ。

「何があったかもう一度話してくれ」レオは促した。

ヒーラはむっとしたが答えた。「めまいよ」

「前にもあったのか？」レオはたずね、担当の助産師が問題点を見過ごしたのだろうかと心配になった。

ヒーラはレオをじろりと見た。「出しゃばらないで。医療の専門家はあなただけじゃないの。心配なくって。妊娠後期にばたばたしていた私が悪いの」

「血圧は？」

「元夫にでくわさなければ、普段は正常値よ」

「君はいやかもしれないけど、僕は今も君の夫だし、君の健康も赤ん坊の健康も僕には重要なんだ」

「名目上の夫というだけでしょう」ヒーラは答えた。

「出ていったのは君だ」レオは指摘した。「その逆ではない」ダッシュボードを開けて水のボトルを取り出す。開栓してヒーラに渡した。「飲んで」

ヒーラは素直にボトルを受け取り、少し飲んだ。数秒後、もう一口飲む。「もう行かなきゃ」

「あと少しいても害はないよ。そこで休んでくれ」

レオはヒーラに触れたかった。肌に手を当て、妻の匂いを吸い込みたかった。唯一無二の甘い匂い。どんな化粧品会社も香水メーカーも再現できない。なぜなら、それはヒーラの自然な香りだからだ。ヒーラという女性の真髄。ヒーラ自身と同じく個性的で独特。それもレオがヒーラを愛している点の一つだ。

だが、レオの愛も欲望も、もはや重要ではない。レオは今までしてきたあらゆることをする権利を失った。二人の関係はもう、近しくも親密でもない。

最後の数カ月間、レオは別の悪魔と戦っていたが、今はぼろぼろになった結婚のかけらを前にして、断片化した残骸からどうすれば新たな関係性を作り上げられるのかわからずにいた。

「ほかに欲しいものは？」レオは静かにたずねた。

「食べ物とか。そこに小型スーパーがある」

ヒーラは通りの向こうの店に目をやり、うなった。

「どうした？」

「ちょうどバスがバス停から出ていったの」ヒーラはため息をつき、またも珍しく無防備さをあらわにした。「とにかく家に帰ってお風呂に入りたい」

レオはうなずき、ヒーラの顔を探った。美しい顔に疲れが見える。休息が必要だ。「車で送るよ」

驚いたことに、ヒーラは反論せずに従った。ヒーラの疲労ぶりがいっそう明らかになり、普段は立ち直りの早い妻がめまいに怯《おび》えているのが感じられた。

「いいけど、それは大きなきりんを持っていてはバスに乗りづらいし、恥ずかしいからというだけよ」

レオはほほ笑んで立ち上がった。きりんを後部座席に置くと、数カ月ぶりに一縷の希望を感じた。

二年前に初めて見たとき、ヒーラは病院の待合室という思いがけない環境で本格的に出産が始まった若い女性の前にしゃがみ込んでいた。周囲の人々がパニックを起こし、騒ぐ間、ヒーラは患者を分娩《ぶんべん》室やベッドに連れていく段階はとうに過ぎたことを理解し、女性の手を取って冷静に出産を助けていた。

その午後に、レオはヒーラに恋をした。だが、今はどうでもいいことだ。今日、レオにとって重要なのは、ヒーラを家に帰して休ませ、赤ん坊を守ることだ。それ以外のことはすべて、明日考えればいい。

3

愛《いと》しきわが家よ。

レオが裏通りの運河の近くの小さな住民用駐車場に車を停《と》めてすぐ、ヒーラはぎこちない動きで何とか車を降りた。レオの力を借りたくないし、借りる必要もない。とりあえず、すでに借りた以上の力は。

車の中で二十分間、レオの隣に座っていることは、感情的にも肉体的にも拷問だった。レオの腕に手を伸ばし、その筋肉から力と安心感を得たい衝動と毎秒戦った。レオの太腿の曲線に手をすべらせ、はき古したジーンズの生地越しに体温を感じたい衝動と。

「僕が手伝ったのに」レオは言い、ボンネットを回ってヒーラの隣で足を止めた。だが、ヒーラは彼を無視した。自立した女性なのだから、誰も必要ない。最初からわかっていたことではないか？　他人に頼ることは後悔と幻滅につながる過ちにすぎないと、人生はつねに教えてくれていたはずでは？

「一人で大丈夫」そう言って後部座席のドアを開け、巨大なきりんを取り出すと、急にその柔らかな体に癒やされたくなった。体を起こしてドアを閉め、レオがどけてくれるのを待つ。これ以上何にも屈したくなかった。どんなに些細《ささい》な、つまらないことにも。

「わかったよ」レオは言い、後ろに下がった。

腰が痛み、靴が痛かった。今欲しているのは、風呂とボウル一杯分のアイスクリームとわんわん泣くことだけだった。きっちりこの順番で。

ヒーラはレオを押しのけて進み、ロンドンのひっそりした裏通り沿いの運河に続く丸石敷きの小道を歩いた。慌ただしいロンドンの喧噪《けんそう》のすぐそばだというのに、短い距離だが両側には広い森が迫っていて、その静穏さの近くに住んだりそれを経験したりする特権を持つ人は、この街でも限られていた。

昔はスラムと見なされていた地域に立つ高級テラスハウス群の裏に位置するこの運河や、その他多くの運河は、産業革命以降、ロンドンの街と繁栄する事業の運営を支えてきた。小さな庭の端に沿って立つ高い煉瓦《れんが》の塀で、住宅からは隔てられている。

現在、この運河は主に行楽客と、鮮やかに装飾されたナロウボートの定住者が利用している。ヒーラも父に頼れなくなり、おじのアートのもとに身を寄せた十四歳のときからナロウボートに住んでいる。

「ヒーラ、やめてくれないか、そういう……」レオは急いでヒーラのあとを追いながら抗議した。

ヒーラはとつぜん、レオを追い払う方法がそれしかないのなら戦うまでだという気分になり、足を止めて問いただした。「そういう、何よ?」

レオは息を吸って答えた。「何でもない。ただ、子供が生まれる前に二人の関係を修復したいんだ」

自分でも驚き、恥じ入ったが、ヒーラは返事代わりにいらだちのうなり声を発した。まるで小熊だ。

レオは二度まばたきをした。「今、うなった?」

自分の奇妙なふるまいを認めたくなくて、ヒーラはどすどすと歩き去った。自分はいつから人前でうなるようになった? 妊娠のせい? 捨てられた妻の習性? 自分は今、常軌を逸した不機嫌な元妻という危険なトンネルの中を突き進んでいる? これはこの種の異様なふるまいの始まりにすぎない?

うなり声について深く考えるのはやめ、前方に停泊するナロウボートに注意を向けた。やっと目的地と、この数時間夢見てきたバニラアイスが入った冷凍庫の近くに立っている。あと五歩でわが家に着く。

〝わが家?〟

ヒーラは泥のような茶色に塗られたナロウボートを見て、この空間がわが家であるという認識を心の中で嘲った。違う。今はもう。実際には、少し前から違う。レオと一緒に暮らすようになってからは。

ヒーラの視線はゆっくり、しぶしぶと、数メートル先に停泊する別のナロウボートに移った。明るいライラック色に美しく塗られ、水色の小さな木製の鎧戸《よろいど》がついている。鎧戸の中心のハート形の切り抜き細工を見て、ヒーラは小さく喜びのため息をついた。レオが昨年、物憂げな夏の午後に手作りしてくれたものだ。オレンジと青の冬咲きパンジーのかごが屋根の上に置かれ、その隣にはピンクの桜草と紫のヒースが、ナロウボート生活者の伝統である鮮やかに塗装された陶器のバケツに植えられている。

おじの隣のナロウボートが結婚式の三、四カ月前に売りに出されたとき、ヒーラとレオはそれを買うチャンスに飛びついた。この地域の住宅価格は高騰していたが、ヒーラはおじと住み始めて以来交流してきた友人や隣人のいる慣れ親しんだコミュニティから離れたくなかった。幸い、レオはヒーラが幸せなら住む場所はどこでもいいと言ってくれた。確かにナロウボートは狭く、そこで毎日暮らすのは家屋での生活より不便だし、赤ん坊が生まれてからはなおさらだろうが、たくさんの家具とめったに使わない品々であふれた家は、ヒーラには必要なかった。ナロウボートでの生活のほうがシンプルだ。それに、これほど自然の近くにいられる場所はほかにない。

ヒーラはライラック色のナロウボートに再び目をやった。これこそが本物のわが家だ。ヒーラとレオが愛情たっぷりに改装した家。結婚初夜とその後の結婚生活を愛と幸せに包まれて過ごした場所だ。すべてがばらばらになって崩れるまでは。すばらしかったはずの二人の関係は、実際には腐った木材と偽りの夢から建てられた不安定な建物だった。人生が二人に与えた最初の大きな打撃に耐えられなかった。

レオの妹ジョディが致死量の薬物を摂取し、死んだことでヒーラの結婚までもが破壊された。レオは二人の生活が屑《くず》と塵《ちり》になるのを防ぐために何もしなかった。あるいは、二人の結婚にはすでにひび割れがあり、それは隠れていて見過ごされていたが、ジョディの死に圧迫されて大きく広がり、粉々になった希望と傷ついた願いだけが残ったのかもしれない。

「中まで送るよ」レオが申し出た。ヒーラはうなずき、彼はただ務めを果たしてデートにでも行きたいのだろうと思った。レオが非番のとき、週に二度出かけているのは知っていた。見張っていたわけではない。ヒーラは夫の一挙手一投足を知ろうと必死な、ストーカー化した別居妻ではない。レオがどこに行こうと何をしようと関係ないが、週に二度、一時間ほど出かけていることに気づいているだけだ。レオは気持ちを切り替えたのかもしれない。二人が別れたのはたった数カ月前だが、時間は関係ないという男性もいるのでは？　レオの職場には、結婚に失敗した彼を慰めたがっている看護師や医師は大勢いる。

ヒーラには関係ない。関係ないのだ。レオが空き時間に何をしようと、それは彼の勝手だ。ヒーラが百万人もの男性とデートしたいなら、そうしてもいいのと同じだ。だが、ヒーラを誘う男性はいない。それに、夫とはもう一緒に住んでいないが、まだ結婚している気ではいる。日に当たることなく白く残った結婚指輪の跡が、今もヒーラが誰かの配偶者であることを示していた。名字もまだ新姓を使っている。今もミセス・ヒーラ・ライトの自覚があった。

「送らなくていいのよ」ヒーラは冷たくはないが疲れた口調で答えた。これ以上一緒にいたくなかった。孤独感が胸を刺す今は。レオがヒーラの最後の避難所に侵入してこずとも、車の中で一緒に座っているだけでつらかった。レオがナロウボートの中に入れば、彼の存在がこの場所を汚し、ヒーラはしばらくレオが特定の地点に立っていたり、特定の椅子に座っていたりするところを想像してしまうだろう。

「ヒーラ、いつかは話をしなきゃならない。日時を決めてくれ。僕の望みはそれだけだ」レオは粘った。

地獄がお気に入りの旅行先になったとき、とヒーラは答えそうになった。なぜ話をする必要が？　話などしたくない。なぜレオは電子的な手段を通じた、赤ん坊の話題から決して離れないコミュニケーションだけで満足しないのか？　感情を交えない短いメールのほうが、レオの妹の死後何週間もしてきた口論よりましなのでは？　レオが悲嘆に暮れているだけでなく、ゆっくり、決然とヒーラを締め出していることが明らかになってきたときのことだ。

話をしなければ、二人の関係は前進も後退もしない。停滞したままだ。ヒーラはさらなる変化への覚悟も備えもできていなかった。レオにはとつぜん話をしたがる理由があるのか？　別の女性？　レオが会話をしたがる事情はそれ？　新たな女性に出会い、その人に乗り換える前に古い人生を終わらせたい？

ヒーラはその思考を振り払った。赤ん坊の誕生の準備以外に重要なことは何もない。レオが何を望み、何を重視しているのかについて考えたくはなかった。平穏で静かな中で一人にしてもらいたかった。

「レオ、今日はやめて」ヒーラは言った。「私は疲れていて、とにかくベッドで休みたいの」

「鉄分は足りてる？」レオはヒーラが少し前にリースにしたのと同じ質問をした。「顔色が悪い」

「あなたは私の主治医じゃない」ヒーラは自分が臨月の妊婦であり、それがあらゆる形で表に出ていることをじゅうぶん意識しながら指摘した。その姿が必ずしも、魅力的でもセクシーでもないことも。

「気になるんだ――」レオは言いかけたが、ヒーラがにらむと言葉を切った。

「でも、そこまでじゃない」ヒーラはナロウボートに足を踏み入れた。「結局、あなたは私をさほど気にかけていなかったことを証明したでしょう？」

「それは違う。説明させてくれ――」

ヒーラは前に進んだが、木片につまずいてよろけた。二本の腕が背後からヒーラに巻きつき、抱きしめた。ヒーラの心の愚かな裏切り者の部分が、レオの温かな体に寄りかかることを切望したが、この数カ月間の苦痛と彼が自分を締め出した記憶が蘇《よみがえ》り、ヒーラを嘲笑《あざわら》った。いったい何をしているのか、と。

ヒーラは荷造りをしたとき、自分が極端な行動をとれば、そのショックでレオが妹の死後陥っていた麻痺《まひ》状態から抜け出すのではと期待していた。だが、ヒーラがおじのナロウボートにいる間、レオは夫婦のナロウボートに一人で住み続けた。すでに二人の間にあった溝は日ごとに広がっていった。レオは自分がヒーラを求めていると示す行動はとらなかった。

そして、ヒーラはついにレオと出会ってから初めて、自分は全身全霊でレオを愛していたのに、彼は違っていたのだという冷たく厳しい真実と向き合った。そうでなければ、なぜレオはヒーラを一人にしている？　レオが二人の結婚を救うために、精神的にも物理的にも何もしない理由がほかにあるか？

「君を診察させてくれ」レオは言い、壁際の緑の小さなソファにヒーラが座るのを手伝った。鮮やかな黄と緑のベルベットのクッションが両端に置かれている。レオは背後に手を伸ばしてそれを一つ取り、ヒーラの背中の後ろに入れたあと、優しい手つきでヒーラをクッションへと倒し、自分は体を起こした。

「大丈夫よ」レオの気遣いにうろたえ、ヒーラは言い張った。レオにここにいてほしくもなければ、ここに何週間も住んでいるのにほとんど物がない事実に気づいてほしくもなかった。レオとの新居からは、服を入れた小さなスーツケースしか持ってこなかった。銀の指ぬきのコレクションも、レオが何カ月もかけて買ってくれた一揃《そろ》いのアールデコの花瓶も持ってきていない。上掛け数枚とクッション数個以外に、家庭らしくする手間はかけなかった。最初は、ここには短期間しかいないと信じていた。その後、レオがもう自分も二人の結婚も求めていないとわかると、環境に気を配るエネルギーは失《う》せた。それに、おじが六カ月間のフランスのワイナリー巡りから戻ってきたとき、自宅の装飾が優しいフェミニンな色に変えられているのを見て喜ぶとは思えない。頑固な独身者のおじは心臓発作を起こすかもしれない。

「確かめても害はないだろう?」レオはヒーラの抗議を無視して言った。

「あなたは忙しいんでしょう」ヒーラは再びレオを追い払おうとして指摘した。

レオは唇を真一文字に結び、ヒーラを見下ろした。

「僕が何をしていようと、どんな予定があろうと、君と僕たちの赤ん坊以上に大事なものはない」

ヒーラはため息をつき、両手を腹のふくらみにのせた。レオは今夜の予定を少しでも匂わせることを避けているのか、ヒーラが疑っているからそう見えるだけか?「本当にこんなことしなくても――」

「しなくてはいけない」レオはヒーラの言葉を遮って言い張った。「家に帰って診察かばんを取ってくる。血圧を測ったところで害はないだろう」

ヒーラは鼻を鳴らし、片隅にあるプラスチックの箱を指さした。「そこに血圧計があるから使って」

レオはうなずき、箱から血圧計と聴診器を取った。ヒーラはあたりを見回し、部屋の逆側のスツールに座っているきりんのぬいぐるみに目を留めた。きりんが笑いかけてきたように見えたのは気のせい?「ふくれっつらはやめろ」

レオは再びヒーラの前にしゃがんで言った。「ふくれっつらなんかしてない」ヒーラは否定し、最後にもう一度きりんを見た。

レオは作り笑いを浮かべ、それ以上は追及しなかった。そして、ヒーラの腕に加圧帯を巻いてたずねた。「バランスを失ってめまいを覚える頻度は？」

「よろけたのは初めてだけど、めまいは時々。二、三秒で終わるけど。知ってのとおり、妊娠中には時々あることよ。担当の助産師にも話してある」

「そうか」レオは加圧帯にポンプで空気を送り込んだあと、ゆっくり空気を抜いていき、聴診器を使ってヒーラの脈拍を測った。「血圧が少し高いな」

「知ってる。クリニックで定期的に測ってるの。それもよくあることよ。助産師も心配いらないって」

「それでもだ。二、三日休んだほうがいい」レオはヒーラの顔を探った。「疲れているように見える」

「妊婦なのよ、当然でしょう？」自分のひどい見た目に関する感想を聞く気になれず、ヒーラは言った。特に、ほとんどの男性の容姿を霞《かす》ませてしまう男性からは。夜もよく眠れないことを認めるつもりはなかった。レオの夢がその主な理由とあっては。

「僕は意地悪をしてるんじゃない」レオは言ったが、ヒーラが目をそらすと話を変えた。「週末は？」

「休みよ」ヒーラは言ったあと、顔をしかめた。

「ねえ、あなたはもう帰って。私は大丈夫だから」

レオは加圧帯を外してソファに置いた。さらにいくつか質問をしたあと、体を起こした。

「クリニックの勤務はあと二、三日なの」自分が予定より早く辞めなくても、二人があそこで働く方法があることを期待し、ヒーラは言った。「互いに顔を合わせないようにする取り決めはできない？」

「それが君の望みか？」レオは静かにたずねた。

ヒーラはあらゆる感情を抑え、心の中で燃えている疑念と失意を顔に出さないようにした。レオがこれほど近くにいると、改めて胸が張り裂けそうになるという事実を必死に隠した。「もちろん」

レオはため息をついて立ち上がった。血圧計と聴診器を箱に戻し、入り口に向かう。

ドアの前で振り返った。「君のお腹にいるのは、君だけの子供じゃないんだよ。僕たちの子供だ」

「出ていって」ヒーラはむせ、怒りすぎてそれ以上言えなかった。自分が部屋中の小物をつかんで投げつける前に、レオに出ていってほしかった。なぜそんな態度がとれるの？　二人の関係を破綻させたのはレオなのに、傷ついたのは自分だという顔をしている。その手間すらかけない女性も多い中で、ヒーラはこの四カ月間、赤ん坊の成長と健康をレオに報告してきた。たとえそのせいでレオが関わることになっても、赤ん坊の欲求と幸福がつねに最優先事項であることを示そうと心を砕いてきた。わが子を愛している。それは心がうずく本物の愛であり、プレッシャー下で消えてしまうような愛ではない。

「出ていって！」ヒーラは食いしばった歯の隙間からそう繰り返した。慣れ親しんだレオのアフターシェーブローションの残り香を吸い込むことなく息ができるまでに、何時間もかかることはわかっていた。

レオは木製のドアを閉め、ナロウボートのデッキに出た。運河沿いの小道に下りると、足音が近づいてくるのに気づいて顔を上げ、自分とヒーラが数分前に通ったのと同じ道を歩いている年配男性を見て心が沈んだ。この午後がこれ以上悪化することがあるのか？　ヒーラとばかげた喧嘩《けんか》をしただけでなく、今度は彼女のおじが思いがけず戻ってくるとは。

「レオ」アートは数歩手前で足を止めた。その口調も表情も当たり障りなく、親しげだった。だが、レオはだまされなかった。アート・ブラウンはヒーラの子供時代に長い間親代わりを務め、ヒーラとは親しい関係にある。一般の生みの親と同じ程度にはヒーラの保護者だ。「やっと姪《めい》と仲直りしたのか？」

レオはジーンズのポケットに両手を突っ込んだ。

ナロウボートをじっと見て、頭を振る。「いいえ。交渉には今も敵意があるとだけ言っておきます」

「そうか」アートはつぶやき、深いため息をついた。すぐには変わらない状況を追求しても仕方ないと思い、レオは話題を変えることにした。「実は、ヒーラはさっき、ボランティアをしているクリニックで妙な発作を起こしたんです。僕が連れて帰って診察しましたが、休息が必要です。これから二日間ゆっくりするよう、あなたからも言ってください」

「君はぐうぜんクリニックにいたのか？」アートは興味深げな表情でたずねた。「ヒーラが助けを必要としたときに、君がいてくれてよかった」

レオは肩をすくめ、自分がクリニックにいたいきさつは説明せずにおいた。ドクター・ピーターズの家族の事情は、皆に言いふらすようなことではない。手遅れにならないタイミングで、彼がアメリカにいる孫に会えることを祈るのみだった。孫が被害を受けた事故と負傷は深刻で、命に関わるものだった。レオは個人的に、予後が良くないと感じていた。

アートの視線が二人の近くのナロウボートへと動いた。「ヒーラは家にいるんだな。話があってね」

「いますよ」レオはうなずき、立ち去ろうとしたが、アートに止められた。

「君にも一緒にいてほしい」

レオはその誘いに驚き、断った。「ヒーラは僕に出ていけと言ったんだから、僕がいるといやがります。口論したんです。僕が間違ったことを言って」

アートは笑った。「まあ、男はそういうことをやりがちだからな。レオ、実を言うと、私が話そうとしていることに、君は興味があると思うんだ」

ほどなくして、レオはアートに続いてナロウボートに乗った。妻の反応を恐れて尻込みする。アートの帰国の理由が何であれ、自分がそこに関わり、ヒーラをこれ以上怒らせる危険を冒したくはなかった。

4

「アート！」

ヒーラはソファの上で身動きし、立ち上がりながら、全身にぬくもりと驚きが弾《はじ》けるのを感じた。レオが出ていったとき、数分後におじが現れるとは思ってもいなかった。だが、おじの優しさと癒やしを必要としている今のヒーラには嬉《うれ》しい出来事だった。

ヒーラがほほ笑んでいると、おじは狭い空間を横切り、ヒーラの両手を握って、子供のときと同じように音をたてて指の関節にキスをした。

「驚いたな、前に会ったときより、一カ所だけずいぶん大きくなったね」おじはからかい、ヒーラを引き寄せてソファに座り、自分も隣に腰かけた。丸く盛り上がって目立つお腹を見てほほ笑んだあと、年老いた手をそっとのせる。「きれいだよ、ヒーラ」

ヒーラのほほ笑みは満面の笑みになった。どんなに落ち込んでいても、おじがそばにいるとヒーラの一日は明るくなり、愛情で満たされる。しばらくの間ヒーラの人生に欠けていたものだ。「まあね、成長中の赤ちゃんは隠せるようなものじゃないから」

アートは笑い、黙ってヒーラを眺めた。「本当にきれいだ」そう言って褒める。「だろう、レオ？妊娠がこんなに似合う女性もなかなかいない」

ヒーラが顔をしかめておじを見ると、狭い空間の向こう側にまたもレオが立っているのがわかった。腕組みをし、台所の入り口にもたれている。おじの問いかけにうなずき、ヒーラのふくらんだお腹にゆっくり視線を落とした。目に見えない愛撫《あいぶ》のような視線になぞられ、肌と神経がうずくのがわかった。

「そうですね、本当に」しばらくしてレオは答えた。

その言葉に胸が締めつけられたが、ヒーラは裏切り者の体の反応を無視し、おじに集中した。結婚の失敗で自尊心が打撃を受け、自分は魅力的でもセクシーでもない気がしていたが、レオの熱っぽい視線がそんな感情をすべて追い散らし、まったく違う何かが全身を巡り始めた。不本意ながらも快い感覚が。

部屋の反対側の男性は無視し、おじを見つめると、彼がとても幸せで健康的でくつろいで見えることに気づいた。フランスを巡る旅が良い効果をもたらしたのは明らかだったが、帰りが早いのは気になった。

「イギリスに帰るのは六月末の予定だったと思うけど」悪いことでなければいいがとヒーラは思った。おじは昨年体調を崩していたが、それは治療が難しくもなければ、回復しにくい病気でもなかった。

「その予定だったが、思いがけない事態が起こって変更したんだ」おじはヒーラから手を離して答えた。

ヒーラは心配の震えが背筋に走るのを感じ、一瞬、子供時代に覚えのある恐ろしい感覚が蘇《よみがえ》った。すでに混沌《こんとん》としていた生活に爆弾を落とす前に、父がそのようなことを言っていた。父の考える子育てには必ずヒーラを未知の場所に連れていくことが含まれ、たいていは出会ったばかりの知り合いと一緒で、安定や適切な学校教育はほとんど考慮されなかった。

ヒーラの一人きりの親は季節の移り変わりほどの手軽さと頻度で恋人を作ったり別れたりしていた。ヒーラはそんな絶望的な情事の一つの産物だった。母親はヒーラが生後六カ月になる前に姿を消し、二度と戻らなかった。幼い娘がいても、恋人から恋人へ、国から国へと渡り歩く父の性質は変わらなかった。つかのま暮らした家や街の数は数えきれない。招かれ、合法的に入国したこともあれば、そうでないこともあった。父は自由な精神を自称していたが、周囲には信用できない無能な親と見なされていた。

「何があったの、アート?」ヒーラは思わずレオに視線を向けた。おじは病気なのか？　別居中の夫がここにいるのは、悪い知らせの衝撃を和らげるため？　レオが知っていて自分が知らないことは何？この二人は自分に隠し事をしている？

おじはため息をつき、ヒーラの手を握った。「帰らなきゃならなくなった。このナロウボートに」

「えっ？」ヒーラはあえいだ。どういう意味？　旅行をやめて帰ってきた？　それは構わないのだが、ヒーラが以前おじと二人でここに住んでいたことを考えると、おじの言葉も深刻な様子も理解できなかった。この先を言うことを恐れているかのようだ。

「ちょっとした緊急事態が――」

「どんな緊急事態？」ヒーラはおじの言葉を遮って問いただした。「また体調が悪くなったの？」

「違うよ」おじはなだめるように言い、ヒーラの手を軽くたたいた。「マギーという女性に出会った」

「ああ」この見知らぬ人への言及に、あの大嫌いな感覚が強くなって忍び寄るのを感じ、ヒーラの心は沈んだ。おじの目の幸せな輝きにも。「それで？」

「マギーは私が一緒にワイナリーを巡った団体の中にいた。すてきな女性だ。お前も好きになるよ。私たちが早めに帰ったのは、マギーが手術を受けることになっているからなんだが、マギーは手術後すぐにはデヴォンの自宅に帰れない。専門家に会わなきゃいけないとかで。病院にキャンセルが出て、手術が前倒しになったんだ。とにかく、マギーには泊まる場所が必要でね。一週間だけのことだし、私は力になりたい。本当にすばらしい人で、フランスでしばらく一緒に過ごすうちに親しくなったんだ」

ヒーラはアートが言っていることが信じられなかった。おじがこれほど幸せそうにしていることは嬉しいと思いつつも、小さな寝室が二つきりのナロウボートでどうやって全員が暮らすのかを考えずにはいられなかった。「ホテルではだめなの？」

「それはいまいちだ。マギーにはお金がないし、一週間だけのことだから」アートは言い張った。「何とかなる。マギーは私の部屋で、私はソファで寝る。マギーは面白い人だし、お前も仲良くなれるよ」

ヒーラがレオと住んでいたよりも狭いおじのナロウボートでの三人の生活は、さぞかし窮屈なものになるだろう。とても陽気な二人、そしてマギーについて話すたびにアートの顔に浮かぶまぬけな笑みを見る限り、愛にあふれた二人と一緒に過ごすのは、たとえ一週間だけでもおぞましく思えた。

「私がホテルの部屋を取ろうかな」ヒーラは代替策を見つけることを決意し、提案した。「ただ、イースターの週末だから、空室はなかなかなさそう」

「もし良ければ、うちに戻ればいい」レオが静かに申し出た。「一週間だけだ。君の言うとおり、旅行客や土曜にロンドンで行われるスポーツイベントに参加する人で、どのホテルもいっぱいだろう」

「けっこうよ」ヒーラはその申し出を断った。二人が住んでいたナロウボートに戻るつもりはない。レオはよくそんな提案ができたものだ。滞在する場所はほかに探せばいい。とはいえ、赤ん坊のために買わなくてはならない高価な品がまだ残っているというのに、一週間分のホテル代を払う余裕はなかった。

「実は、マギーは今夜到着するんだ。一時間後に私が鉄道駅に迎えに行く。マギーはまずデヴォンの自宅に寄って、追加の持ち物を取ってきたいとかで」

「わかった」代わりの宿を見つける猶予がほとんどないほど急な通告にぎょっとしながら、ヒーラは言った。ヒーラはレオとの破局を周囲に黙っているため、友達に頼んで泊めてもらうこともできない。

「僕は帰る」レオは言った。「この問題は二人で話し合ったほうがいいだろうから。もし気が変わってうちに泊まりたくなったら知らせてくれ、ヒーラ」

アートが立ち上がってうなずいた。「レオ、君に会えて良かったよ」

「僕もです」レオはヒーラのほうを見てたずねた。

「君は大丈夫？」

大丈夫ではない。すべてを数カ月前の状態に戻したかった。だが、お伽話《とぎばなし》は子供のものだし、ヒーラはそもそもお伽話を信じていない。お伽話は大人が作り上げた幻想にすぎないことを、昔から知っていた。今はただベッドに潜り込み、父親やおじや夫が繰り返し自分を失望させない人生の夢を見るまで外に出たくなかった。「ええ、大丈夫」

おじはレオの足音がナロウボートの外の小道まで遠ざかるのを待ったあと、ヒーラに向き直った。

「急な話で悪いが、一週間なら何とかなるよ」

七日間もの間おじと、彼がこれほど夢中になっている謎の新恋人のおじゃま虫になる。そんなのまっぴらだ。おじの恋愛を間近で見物する気にはなれなかった。「ううん、大丈夫。私はどこか別の場所を見つけて、おじさんたちにこの場所は譲るから」

おじはヒーラをしばらく見つめたあと、優しくたずねた。「ヒーラ、なぜまだここにいるんだい？」

ヒーラはため息をついた。「電話で話したでしょう。レオのもとを出たの」

「なぜ？ 妹さんの死後はつらい状況だっただろうが、夫が悲嘆に暮れているときに出ていくなんて」

ヒーラは身をこわばらせた。「私が好きで出ていったみたいに言うのね」

アートは首を傾《かし》げた。「お前が子供のころ、家での生活がつらくなったときはいつもどうしてた？」

ヒーラは肩をすくめて嘘《うそ》をついた。「忘れた」

「逃げていたんだ」アートは言った。「いつも、私が見つけるまでここに隠れていた。今回も同じことをしているように見える。問題は、レオがお前を見つけに来てくれなかったことだろう？」

ヒーラは唇を震わせてささやいた。「レオはドアをノックさえしなかった。私は居場所を書いたメモまで残していたのに」

アートはヒーラをそっと引き寄せ、額にキスした。

「つらくなったり、怖くなったりしたときに逃げるのをやめないと。お前は美しくてすばらしい女性だけど、人生や人に腹が立ったときに自分の立場を守り、改善を要求することを覚えなきゃいけないよ」

「私が出ていったら、レオは私たちの関係がどれほど悪化しているかに気づくと思ったの。私はずっと力になりたいと言っていたのに、レオは私と話そうとしなかった」ヒーラはおじの肩に顔を寄せた。「レオは私を追いかけるほど私を愛していなかったの。追いかけようともしなかった」

「本当に？」

「だから私は今もここにいるんじゃない？」寂しく待ちながら。自分にほかに何ができたのか、自分がこれほど愛されないのはなぜなのかを考えながら。

「レオが愚かなふるまいをしなかったとは言わない」アートは言った。「愚かなふるまいはした。でも、時に人生は過酷で、人は……愛する人は、自分には理解できないことをするものだ」

「そんなこと、私はとっくに知ってるけどね」

「レオとのこの状況は同じじゃないよ。お前の夫は、お前の父親とは違う」

「違うの？　レオも私を失望させたでしょう？　お父さんと同じように」

「本当にそうなのか？　それともお前が、最悪の苦しみの中にいる誰かに多くを望みすぎただけなのか？　信じてくれ、悲しみはそう簡単に抜け出せるものじゃない。私も長い間それに囚《とら》われていた」

おじが遠い昔に愛し、失った女性のことに触れるのは珍しかった。あまりに若くして亡くなった女性。彼女を救えるほど医学が発達していなかったころのことだ。「私にはわからない」

「ヒーラ、レオはいなくならない。少なくとも今後十八年間はお前の人生を出入りする。子供の将来と子育てを共有する方法は決めておく必要があるよ」

「決めたあとはどうするの？」ヒーラはアートの答えを聞くのが怖いような気持ちでたずねた。

「気持ちを切り替え、再構築する。でも、お腹の中で育っているその子は、お前とレオの間で安全で幸せな子供時代を送る資格がある。互いに礼儀正しくできる両親と一緒に。いずれ、お前はそのことに向き合わなくてはならなくなると思う」

ヒーラはベッドからピンクのセーターをつかみ、急いでかき集めた残りの服とともにかばんに入れた。

今朝ベッドから出たとき、ヒーラの心配事は、結婚のことを考えずに一日過ごせるか、膀胱《ぼうこう》を空にしたい欲求に襲われず一時間過ごせるかだった。それが今、別居中の夫に職場で会うだけでなく、次の一週間ホームレスになるという事態に直面していた。

いや、正確にはホームレスではないが、同じようなものだ。ただ、ホームレスには一緒にいる相手を選べる特典がある。この三十分間、ヒーラは近隣のホテルの空室をネットで探したが、一室残らず埋まっていた。少なくとも今夜は、レオの申し出を受けるしか選択肢がない。幸せなカップルのお荷物になって気まずい思いをするよりはましだ。しかも、ソファは古すぎて七十五歳のおじには寝心地が悪い。

ベッドに腰掛けたヒーラは、迫りくる状況の重みにのみ込まれ、うつむいて目を閉じた。レオと共有していたすてきな家に戻るというだけでなく、狭い環境と状況から一緒に時を過ごすことは避けられない。そばにいるのは、愛し合っているときならいいが、関係が緊迫し、粉々になったときはぞっとする。

将来を考えれば人生のストレスはじゅうぶんなのに、そのうえこの複雑な状況が加わるとは。自分を愛していないことが明白な男性と七日間過ごすのだ。

ヒーラは立ち上がり、かばんをつかんだ。レオのもとを去った晩、二人の関係を救えるという希望にまだしがみついていたときに使ったかばんだ。前向きな解決を期待するとは、何と愚かだったのか。二人は話をしない状態から、ヒーラが望んだ愛ある仲直りではなく、赤ん坊の話だけをする状態に移行した。レオが自分にはもう関心がなくても、赤ん坊には興味を示していることに感謝するべきだろうか。

寝室を出てナロウボートの中を歩く。おじは姿が見えなかった。ヒーラがそっちに戻るとレオに伝えたあと、マギーを迎えに駅に向かったのだろう。

レオのナロウボートへの短い距離を歩きながら、急に乱れてきた呼吸を鎮めることに集中した。胃がざわめくのは、妊娠に起因する消化不良のせいだろうか？　この状況のせいで機嫌は悪くなっているのだから、胃の具合も悪くなって当然ではないか？

ヒーラは頭を振って立ち止まり、深く息を吸って、ライラック色のナロウボートに視線を戻した。自分はどうしてしまったのだろう？　七日間はそう長くはない。その前にホテルに空室が出る可能性もある。念のため、ホテルのサイトは毎日チェックするつもりだ。運が良ければ、できるだけ互いを避けながら暮らせるだろう。レオのクリニックと病院のシフト、ヒーラの最後の二日間のボランティアがあるのだから、そう難しくはない。レオの休日にはヒーラがそっと出ていけばいい。街に出て美術館を訪れる。レストランでランチを楽しむ。赤ん坊のための買い物も残っているし、来週は助産師の診察がある。そう、やることはたくさんあるのだから、二人が会うことはほとんどない。そのように計らえばいいのだ。

その時間を利用して、結婚をきっぱり終わらせてもいい。次の数日間を決別に費やせば、人生の残りの部分に取り組める。将来の関係の新たな土台を作るのだ。子供をほかの何より、自分たちより優先できるように。それはさほど難しくはないのでは？

おじの言うとおりだ。難しいかどうかは関係ない。それは当然の展開であり、二人の義務だ。それをレオにはっきり言うことから始めたほうがいい。二人はいかなる意味においてももう恋人同士ではないが、じきに共同で子育てをする親になるのだから。

それから、世間知らずの愚か者のようなふるまいをやめて、恋愛の虹はすぐに消え、油の浮いた水溜《みずた》まりしか残らないことも認めよう。いわゆるハンサムなヒーローに恋をするような愚かなまねは二度としない。そんな人は存在しないと知ったのだから。

ナロウボートに足を踏み入れ、中に通じる二枚の木製のドアの上に釘《くぎ》で留められた小さな木のハートを見ると、胃がきりきりした。みじめな心痛に怒りが混じった塊が、新たな決意を破壊した。ヒーラは燃える胸の中を無視し、ドアの取っ手に手を掛けた。

一年間、ここがヒーラの初めての本物のわが家だった。ヒーラとレオの。愛の巣と、二人は愛情を込めて呼んだ。ここで初めての夜をともにし、初めての喧嘩《けんか》で叫び、結婚初夜には、友人や家族に囲まれたすばらしい一日のあと一刻も早く二人きりになりたくて星の下でキスをした。今お腹の中にいる子を、愛情たっぷりに、情熱的に授かった場所でもある。

最後にこのボートに乗ってから何週間も経《た》っているのに、奇妙な、思いがけない懐かしさが、体内でざわめくほかのどの感情よりも強く差し込んできた。離れていた時間は、ヒーラがこの場所を見る目も、それがかつて象徴していたものも変えたはずでは？この結婚を明瞭に見られるようになったはずなのに、うずくような後悔と切望が急にふくらんできた。

狭い階段で小さな台所に下りると、予想していたような混沌や無秩序がまったくないのを見て驚いた。

心のどこかでひそかに、ぼろぼろになったレオを想像していた。これもヒーラの勘違いだったようだ。

狭いが居心地のいいラウンジに入り、見慣れたグレーがかった青色の壁と青緑のベルベットのチェスターフィールドソファを見ると、緊張が和らいだ。あたりを見回すと、すべて自分が出ていったときのままだとわかった。なぜ変化を想像していたのかはわからないが、妙な胃のざわめきは収まり始めた。

この部屋も通り抜け、寝室に着くと足を止めた。レオが中にいて、小さなたんすから服を数着出していた。ドア口にヒーラが現れると、彼は顔を上げた。

「アートから聞いた？」ヒーラはたずねた。

レオはうなずいた。「ああ」

「ほかに泊まる場所が見つかったらすぐに――」

「いいんだ。好きなだけいてくれ。僕はソファで寝る」レオは言い、青のウールの上着を取って、すでに片腕に掛けていた衣類に加えた。ヒーラのふくらんだお腹を意味ありげに見て軽くほほ笑む。「君のほうがはるかにベッドを必要としているから」

「あなたに迷惑はかけたくないの」二人がかつてともにしていたベッドで眠るのが良案かどうか決めかね、ヒーラは言った。だが、ソファで寝ることも魅力的な代案ではなかった。最近はどこだろうと快適に眠るのは難しかった。それに、レオは以前もよくソファで満足げに眠っていたため、彼は大丈夫なのだろうと思えた。「一週間なら何とかなるから」

「いや、君には快適なベッドが必要だ。ソファではよく眠れないよ。それに、ベッドは僕だけじゃなく君のものでもある。あの古いアンティークショップで君が見つけてきたんだから」

近所のアンティークセンターをうろついた日のことが頭に浮かんだ。直線も角もいかにもアールデコらしいその古いベッドに、ヒーラは一目で恋をした。興奮しながら、仕事中のレオに電話をして写真を送った。数分後にはレオもそれが理想のベッドであることに同意し、ヒーラは売り手に買うと申し出た。その大きなベッド枠をナロウボートの狭い寝室に収める方法は考えなかった。二人とも、ただ自分たちがそれを所有しなくてはならないことを悟ったのだ。

レオは持ち物をまとめ終えると、ヒーラが今もドア口で足踏みしている場所を通り過ぎた。手を伸ばし、レオのTシャツにゆっくりと指先を走らせることがどんなに簡単か。レオの胸の中心に手のひらを当て、安定した鈍い心臓の鼓動を手に感じることも。彼の肩に頭をもたせかけ、世界でただ一つ、どこまでも安全と安心を感じられる場所の匂いを吸い込むことに、どれほど焦がれているか。

かつての自分たちの姿に溺れるのがどんなにたやすくても、それはできなかった。二人が離れてからのつらく虚《むな》しい数カ月間を、自分が出ていく原因となった一連の出来事を忘れるつもりがないのと同じように。レオが、結婚生活における言葉のない忌まわしい膠着《こうちゃく》状態がほかの何よりも大きくなるのを放置したことを。それがあまりに大きく支配的になったため、ヒーラはわが家を出るしかなかったのだ。

わが家。またあの腹立たしい言葉だ。ヒーラが人生のほとんどの期間手にすることがなかった幻想だ。

「どうか、わが家だと思ってくつろいでほしい」レオは礼儀正しく申し出た。

思考が顔に出ていたのだろうかと思いながら、ヒーラはぴしゃりと言った。「でも、ここはわが家じゃない。今は、もう」

ここに戻って以来、心をなだめてくれていた満足感を考えると、それは真っ赤な嘘だった。

レオの横面を張ったとしても、衝撃はこれほど強くなかっただろう。レオの目のシャッターが再び閉まり、ヒーラを締め出した。ここを出ていく前の数週間に頻繁に見た、大嫌いなシャッター。それはレオの内なる思考と感情からヒーラを締め出していたが、今回は彼のせいではない。ヒーラの発言は残酷かつ不必要で、ヒーラは彼の心を閉ざさせたことを嫌悪した。

「僕は出かける」レオは言い、ヒーラから離れた。「ミーティングがあるし、様子を見なきゃいけない患者もいる。今夜、君がまだ起きていたら会おう」

「寝てると思う」ヒーラは言い、再びベッドに視線を向けた。一年間、二人がともにしたベッド。二人が笑い、愛を交わした場所。秘密を打ち明け、日曜の朝の紅茶とバターつきトースト、笑いを共有した場所。互いに本当の自分でいられると信じていた場所。二人の愛がいっそう強くなることを誓った場所。

わが家に帰ってきたという圧倒的な感覚が、すでに打ちのめされていたヒーラの心を改めて壊した。

5

ヒーラはふくらんだお腹でできる範囲で寝返りを打って一夜を過ごし、翌朝目覚めたときには疲れていた。不快な一夜を過ごしたうえ、今も腰が痛かった。だが、体の不安定さの主な理由が睡眠不足だけだとは思っていなかった。レオが数メートル先のラウンジで寝ていると思うと心の平穏が乱されるのだ。

天井を見つめ、お腹をなでながら、ナロウボートの内外の音に耳をすます。鳥の鳴き声に隣室の物音が混じり、レオが出勤の支度をしているのがわかった。昨夜レオが帰宅したとき、ヒーラはまだ起きて本を読んでいて、彼から病院が早番だと聞いた。

シャワーを浴びる前に、いつもの牛乳に浸したシリアルの朝食を食べたのだろうか？　それとも、この四カ月間で毎朝の習慣を変えたのだろうか？　ヒーラが知ることも気づくこともない新しい習慣に。

ヒーラはため息をつき、横向きになって、思考に時間を費やしすぎている男性を頭から追い出した。これから数日間やることを見つけなければ、ここを出られるまでの時間を数えて気が変になりそうだ。すべておじのせいだ。運命や宇宙も関係しているような気がする。では、レオはどうだろう？

さまよう意識が隣室の男性に戻り、ヒーラはため息をついた。レオのことはどうすればいい？　しばらく先延ばしにしたい気持ちはあるが、将来のことは決めなくてはならない。長期の別居と離婚準備の混乱についてはわざと無視していたが、レオは話がしたい、説明したいと言っていた。何を説明するのか？　自分はそれを聞きたいのか？　過去は消せないし、変えられない。それなら、聞いてどうなる？

ヒーラは目を開け、心の中でその忌まわしい言葉を繰り返した。〝離婚〟何と醜い響きか。離婚はしたくなかった。愛し、敬い、慈しむと誓ったときは、一生そのつもりだった。だが、壊れた関係にしがみつくのは強情なまぬけだけだ。ヒーラは愚か者かもしれないが、絶望的な愚か者にはなりたくなかった。

離婚には財産とお金に関する議論が伴う。どちらが何を、なぜ取るかの争い。今のところ、二人はその話題を避けていた。この数カ月間に二人がしてきたやり取りは、お腹の子供に関することだけだった。もし、より現実的な、家庭生活に関することに注意を移せば、ヒーラは自分がどこで暮らしたいかについても考えなくてはならなくなるし、それは今取り組むには手に余る問題のような気がした。

昨夜のアートの言葉が思い出された。レオへの本当の感情を整理するのに一週間は必要ない。感情など何もないのだ。いや、今も怒りといらだちは感じるが、それは当然ではないか？　それに、そうした感情は自分を愚かだと思っているせいであって、それ以上に力強い何かのせいではない。傷ついた愛やつぶされたエゴとはまったく関係ない。

自分はレオを愛してはいない。今は。正確には、何週間も前から。かつて愛が脈打ち、育った場所は、今ではがらんとした空間に無感覚が広がっている。

ヒーラは寝返りを打ち、目を閉じた。これらの言葉は、もっと力強く言えば説得力が増すのだろうか？　ああ、自分は何と哀れなのか。

膀胱《ぼうこう》の圧迫に不快感を覚え、ヒーラはベッドから起き上がった。ヨガウエアを着て、自分に活を入れたあと、青いゴム製のヨガマットをつかむ。運が良ければ、レオはじきに出ていき、ヒーラはシャワー前に一人で朝のヨガストレッチをできるはずだった。

ヒーラはうなり、部屋を出た。これからの日々は地獄になるだろう、そんな予感がした。

「おはよう」ヒーラがラウンジに入ってくると、レオは挨拶した。足をふんばり、ヒーラに駆け寄って抱きしめたい誘惑と戦う。かつて毎朝していたように、かわいいぷっくりした唇にキスをしたい。ああ、わが家にいるヒーラは本当にすてきだ。

この数カ月間、毎朝ヒーラが恋しかった。ヒーラが入ってきただけでその存在感が部屋を満たすさまに、哀れな犬のように焦がれていた。レオの視線はヒーラの上を這《は》い回り、眠そうな目から、無造作にまとめられたポニーテール、薔薇《ばら》色に上気した頬をとらえた。視線は下に向かい、妊婦の豊かな曲線に張りつくぴったりしたヨガのトップスをなぞった。

「君は……」ヒーラの腹から視線を引きはがし、顔に戻すと、レオの言葉はとぎれた。レオは軽くほほ笑み、こう続けた。「何でもない、忘れてくれ」

君はきれいだと言おうとしたのだが、ヒーラはその褒め言葉をありがたいとは思わない気がしたし、その言葉が彼女の灰色の目に生み出す苦痛と不信の鋭い光を見たくなかった。レオの単純な褒め言葉には、今やヒーラを傷つけ、怒らせる力があるのだ。

胃が引きつり、結婚生活を破壊する原因となった、妹の死に自分が理不尽な対処をしたことへの永遠に終わらない自己嫌悪が再び押し寄せた。軽率に、意図せずヒーラを傷つけたことへの。

ヒーラはレオの言葉を肯定することも、疑問を唱えることもせず、持っていたマットを床に広げた。

「朝のストレッチをさせて。すぐに終わるから」

レオはうなずき、仕方なくアイスティーを飲み終えた。出ていきたくはなかったが、この格好のヒーラが朝の運動をする様子を見ていると、早朝にソファの寝心地に慣れようとしながら心に誓ったすべてを反故《ほご》にしてしまう気がした。二人で話す前に、ヒーラが怖がって出ていくようなことはいっさいしないという誓い。レオが二人の関係を諦める以外は何もしなかったとヒーラが思っているこの数カ月間、実際には何をしていたかをすべて話すまでは。

最後の一口を飲み、レオは言った。「僕は退散するよ。今夜は遅くなる。退勤後に用事があるから」

ヒーラはひたすらヨガを手順どおりに行っていた。

レオは車のキーを取りながらも、次々とポーズをとる妻に気を引かれた。何度も見てきた動きだが、ヒーラの体型が変わった今は違って見えた。見慣れた他人を見ているかのようだ。さまざまなポーズをとるヒーラがにじませる優雅さと落ち着きに、レオはいつも魅了された。木のポーズ、半月のポーズ、レオが個人的に気に入っている猫と牛のポーズ。

戦士のポーズを見てレオはほほ笑んだが、ヒーラが急にあえいで体を起こすと心配になった。マグをカウンターにどんと置き、キーを落として、ヒーラに駆け寄った。「大丈夫か？　どうしてほしい？」

ヒーラは頭を振って口ごもった。「ええと……」

昼も夜も、レオは自分たちの子供を育むヒーラを遠くから観察し、妻に触れるチャンスをうかがってきた。ヒーラの新しい、見慣れない体型の変化を探り、体内で育まれる大切な命の上に手を置くチャンスを。自分の心とまだ見ぬ子供を所有する女性と、ささやかな身体的な形で再びつながるチャンスを。

だがレオの手は、今や定位置となった体の脇に留《とど》まった。ヒーラに触れる権利は何カ月も前に失った。

ヒーラは身を硬くし、後ずさりした。「赤ちゃんが体勢を変えただけよ。シャワーを浴びてくる」

レオは失望をのみ込み、うなずいた。ヒーラが浴室に消えるまで待ったあと、震える息を吐き出す。

情欲が体内を駆けめぐり、強い痛みと混じり合った。ヒーラが自分から逃げるなら、どうやって事態を修復すればいい？　自分がそれに値しないとわかっていて、どうやってヒーラの許しを得る？　ジョディの死後、レオはヒーラにひどい態度をとった。残酷な行為をしたわけでも、体を傷つけたわけでもないが、ヒーラの愛情に背を向けた。ヒーラと彼女の思いやりに。ヒーラが自分を寄せつけたくないのは仕方ない。彼女がレオに不信感を抱くのも、精神的に自分を締め出したことでレオを嫌悪するのも当然だ。

レオは落としたキーを床から拾ったが、手は今も愛する女性に触れたくてうずいた。自分が失ったすべてに心が重かった。不可能なことを何とかして成し遂げ、自分は二度とヒーラを傷つけない、子供を失望させないことを証明しなくてはならない。ヒーラの信頼を取り戻さなくてはならない。問題は、そのどちらも可能かどうかわからないことだった。

レオは古い市営墓地の外に車を停《と》め、装飾が施された大きな黒い門へと歩いた。思考が乱れたまま、多くは前世紀のものである墓の列を通り過ぎ、やがて大きな大理石の天使像の前に来た。

その墓の新しさは、風雨に晒《さら》された墓の中で目立っていた。それが古びて木に囲まれた緑の穏やかな環境になじむには、苔《こけ》と風雨と時間が必要だった。

レオは両手を組み、しばらくうつむいたあと、石に刻まれたまだ鮮やかな金文字を読んだ。その名前に胸が痛む。〝ジョディ・マーガレット・ライト〟

妹だ。レオが十二歳のときに生まれた、ただ一人のきょうだい。レオはこの女性を彼女自身から守ることに人生の大半を費やしてきたのに、本当に大事なときにぞっとするほどの失敗をした。

レオはしゃがみ、指先で名前をなぞった。子供のころ、つらい目に遭った妹の涙を拭うかのように。

「やあ、ジョディ」レオはそっと言った。「天国はどうだい？　お前のことだから、そこにいる聖人たちを困らせているんだろうな？」

妹が薬物と酒の過剰摂取で命を落として以来、レオは週に一度墓参りをしていた。かつての妹は、世界を征服し、ダンサーという自分が選んだ道を追求することを決意した、明るく幸せな若い娘だった。

やがて、悲惨な事故で恋人が死んだ。ジョディが愛していた幼なじみだった。彼の死後、それが人生を破壊し、大事な夢を奪うものではないかのように、無害な菓子であるかのように麻薬を渡す人々に出会ったことで、妹は絶望と薬物の世界へと転落した。

ジョディは苦痛を癒やすために仕事に打ち込む代わりに、依存症という破滅の道をゆっくり進んだ。世界のダンスの舞台をくるくる回りながら進むのではなく、次の恍惚《こうこつ》感だけに関心を向けた。

ジョディに麻薬をやめさせようとした年月は地獄だった。妹は何週間も姿を消して心配をかけたあと、具合が悪そうな様子で再び現れ、レオのもとにしばらくいるのだが、貴重品を盗むとまた出ていった。

そのパターンは何年も、ようやくレオがそれを止められる強さを身につけるまで続いた。

両親は薬物依存症の娘がいることの恥辱に耐えられず、三、四年前、ロンドンからスペインの別荘に移った。レオは妹への責任とともに取り残された。ヒーラと出会い、結婚すると、妹の問題と彼女の破壊的な生活様式から距離を取り、自分と妻の関係が汚されないようにした。だが、ジョディはヒーラに怒りを募らせ、頻繁に問題を起こすようになり、レオは二人のどちらかを選ばざるをえなくなった。最終的に、レオは最愛の女性を選んだ。ヒーラを。

二カ月後、ジョディはこの墓に埋葬され、レオは自分の拒絶が不安定な妹に一線を越えさせたのかもしれないという罪悪感に何週間も思考をのみ込まれ、ほとんど何も考えられず、何もできなくなった。

「ヒーラが家に帰ってきた」レオは静かに言い、墓石の上の天使を手でなでた。作り物の翼はひんやりとしていた。この知らせに対するレオの喜びを、妹が共有していないことが感じられた。だが、もうそんなことは関係なかった。ヒーラが選ぶどんな形でもいいから、妻子を自分の人生に取り戻したかった。

「帰ってきたかったわけじゃない」レオは続け、大理石の上で手を止めた。「でも、帰ってきた。僕は公園のベンチよりはましだったらしい」

黒丸鴉《くろまるがらす》が夕方に鳴く声がその言葉に応え、レオはほほ笑んだ。

「ジョディ、今回はしくじらない。お前を失望させ、僕の家に来るなと言ったことは悪かったけど、お前をヒーラに近づけるリスクは冒せなかった。お前の行動は予測不能だったし、ヒーラが妊娠してからは、お前が腹を立てて暴力的にならない保証はなかった。もしヒーラや赤ん坊を傷つけるようなことが……」

最後の会話が頭の中で蘇《よみがえ》り、レオは唾をのんだ。レオが妹に、関心やお金の要求にこれ以上は耐えられないと宣言したとき、その理由は言わなかったが、レオをよく知るジョディは、兄が自分を家族から遠ざける理由を察したはずだった。

レオは妻を守ることで妹を裏切り、その決断の責任を受け入れるには長い時間がかかった。今では、それはあの状況でできた唯一の選択だと理解し、認識している。一人の女性を守るためには、もう一人の女性を拒絶し、傷つける以外の選択肢はなかった。

ポケットに手を入れ、イースターの小さなクリームエッグを取り出す。ピンクのホイル包装を親指の腹で軽くなぞり、しゃがんでエッグを墓の上に置いて、柔らかな土にそっと押し込んだ。

「ハッピー・イースター、ジョディ。天国ではこの世にいるときより幸せになっていることを祈るよ」

レオは立ち上がり、まだ見ぬ子供との関係と、かつて妻と共有していた友情のために戦うことを決意し、その場を去った。考えなしに放り出し、今は何よりも取り戻したい、ただ一つのもののために。

6

ヒーラが花束を手の中で持ち替え、婚約パーティをすっぽかすという小さな裏切りに友情は耐えうるだろうかと考えるのは、これで百回目だった。だが、友達のビーはヒーラが来なければヒーラを捜し出すと言い張ることはわかっていた。婚約者の意見はお構いなしだろうが、婚約者のこともよく知っているヒーラは、彼はむしろその不要な捜索隊の先頭に立ちそうだと思った。

正直なところ、ヒーラは何も祝いたくはなかったが、長年の友人であるビーを失望させたくなかった。実際にすっぽかしたときにされるであろう説教も聞きたくなかった。それに、花を渡して祝いの言葉をかけたあとは、人ごみに紛れてこっそり家に帰ればいい。午後の間に、ほかの大勢の人々が、ビーの注意を引くほどにヒーラの不在を嘆くはずはなかった。

そういうわけで、ヒーラは今、地元のレストランの小さな庭の入り口に立ち、友人や親戚、食事客の海の中から、ビーとその婚約者ニックを捜していた。

人に温かく接する気分になれないことは、最近のヒーラにはよくある現象だったが、それがこの集まりに熱意が持てない第一の理由ではなかった。ビーの婚約者はレオの親友でもあるため、この午後のどこかの時点でレオも現れると思われ、それだけでこの祝宴へのヒーラの興奮と熱意は打ち砕かれた。

実は、ヒーラとレオがこのカップルを引き合わせていた。ビーとニックが別々に、ヒーラとレオの三度目のデートに押しかけたのだ。数分差で現れた二人の言い訳は、あまりに立派な信じがたい話ばかり聞くことにうんざりし、親友のデート相手を精査するためというものだった。長年、恋愛を冷笑的に見ていたビーとニックは、それほどすばらしい人が存在することも、友達がそんな人とデートしていることも信じられなかった。そこで、親友の新しい相棒の粗探しをするために来たのだが、実際には互いに惹《ひ》かれることになった。その晩が終わるころには、二人は翌晩に自分たちがデートする約束をしていた。

ヒーラはため息をつき、花の強い香りに顔をしかめた。自宅でレオと会うだけでもつらいのだ。ナロウボートと職場の外でも会い続けたくはない。二人が別れたと知ったとたん、レオのもとに押し寄せる独身女性を見ながら午後を過ごすなどまっぴらだ。

レオに敵意はあっても、彼に惹かれることは否定できない。ヒーラはハンサムなレオに一目で夢中になり、その後一度会話しただけで、その魅力的な人柄の虜《とりこ》になり、恋に落ちた。おじは長年、運命の人に出会えばわかると主張していた。ヒーラはレオに、雷で真っ二つになった木が不安定な未知の地面に倒れ込むように恋をした。勢いよく、震えるほどの轟音《ごうおん》とともに。レオはユーモラスな人生観と、ヒーラがどんな気分のときも、どんなひどい一日のあとも笑顔を引き出せる魅惑的なふるまいでヒーラを驚かせた。

「来てくれたんだ！」庭の向こうから女性の甲高い声が響き、数人が飛び上がって飲み物をこぼした。物思いから我に返ったヒーラは、親友が客の一団の中から急いでやってきて、ぎこちなくハグをしてくると笑った。「ちょっと、赤ちゃんが巨大化してるじゃない。これをどうやって引っ張り出すわけ？」

「妊娠の奇跡ね」友人の無神経な発言は気にせず、ヒーラは笑った。ビーは思いつきで喋《しゃべ》ることで有名だ。フィルターを通すことも、他人の繊細さを慮《おもんぱか》ることもなく思ったことを言う癖は、ビーの魅力の一つだ。「自分でもどうするのかと思うことはあるけど」

ビーは姿勢を変え、険しい目つきでヒーラの顔を眺めた。「あなたは来ないと思ってた。見え透いた言い訳でもして、家の中で落ち込んでいるのかと」

「私が？　どうして？」ヒーラは無邪気に言った。頬が熱くなったが、とぼけた演技を続けた。

「ここにはあなたのすてきな相棒が来ているし、あなたは彼を避けたいはずだから。あなたたち、いつになったら仲直りするの？」

「婚約はどう？」ビーの口に花束を突っ込んでお喋りを止めたくなる前に、ヒーラは話題を変えた。

「最高」ビーは答え、ヒーラから花束を受け取った。「本当のことを話して。レオとはどうなの？」

「先週きかれたときとまったく同じ」ヒーラは答え、レオとまた同居していることは言わなかった。レオがニックにその変化を伝えていないのなら、自分も言うつもりはない。ビーが復縁とハッピーエンドを想像し始めることは阻止したかった。

「もう、ヒーラ。レオがばかであなたが傷ついてるのはわかってるけど、本当に希望はないの？　男は共有することや思いやりに関しては役立たず――」

「ビー、やめて」ヒーラは静かに警告した。「わかった、私、またいつもの無神経な私になってるね？　でも、それはあなたを心から愛していて、あなたに幸せになってもらいたいからよ。次にレオに会ったとき、腕を強く殴ってほしい？　子供のとき、学校の意地悪な男子にしてたみたいに」

ヒーラは笑い、頭を振った。「大丈夫、本当に」

ビーは深いため息をついたあと、緊張した顔になった。「じゃあ、覚悟して。もうすぐレオが来る」

ヒーラは今にも花束をひったくり、自分とレオの間のバリケードとして使おうとしたが、理性が戻ってきた。レオは素通りしてくれるはずだ。顔を上げ、リラックスし、無関心でいれば、すべてうまくいく。

「ビー」レオが挨拶し、二人の隣で立ち止まった。

「レオ」ビーも挨拶した。「ニックなら、中でいとことダーツをしてる。あなた、元気なの？」

「ああ、元気――」

「ビー、急いで。ママが呼んでる」ビーの十代の妹ローラが現れ、姉を引っ張った。「大事な用だよ」

ビーはヒーラを心配そうに見て、励ますように言った。「すぐに戻ってくるから。約束する」

しばらく経《た》って、レオが言った。「で、この状況をどうする？　何か提案は？」

「この状況？」ヒーラは理解できないふりをしてたずねた。今感じている気まずさを表に出したくなかった。レオがどう感じているのかを知るまでは。昨日の朝、ヨガ中に赤ん坊が身動きしてヒーラが驚き、レオが気遣いを見せたとき以来、何もかもがますますよくわからなくなっていた。きっと、また二人が互いのそばにいることになったせいだろう。

「お互いに庭の反対側に立って、接触を慎重に避ける？　二人で逆方向に歩きだして会場を回る？　どっちがいつ飲み物を買って、中のビュッフェで食べ物をつまむか、時間割を決めるか？」

「お互い大人になれるはずよ」ヒーラは少しも大人らしくない気分で言った。レオと一緒にいたあらゆる時を思い出すことしかできなかった。その中心にはいつも、自分は愛されていない、求められていないとヒーラに感じさせた男がいる。その隠れたサディスト傾向はどこから来たのだろう？

「もちろん」レオは同意した。「何しろ、僕たちは同じところに住んでいるんだ。このパーティに参加して理性的にふるまうのは簡単なはずだ」

「たった七日間よ」ヒーラは指摘した。今ではたった六日間で、その時間は刻々と短くなっていくが。

「もしくは、ホテルに空室が出るまで」

　レオはうなずき、手元の飲み物に視線を落とした。

「僕は忘れてないよ、ヒーラ。本当に忘れてない」

　ヒーラは目を細め、無言で憤慨した。今のは正確にどういう意味なのか？　レオもヒーラがいなくなるまでの時間を数えているのか？　すでに、ヒーラに家に来るよう言ったことを後悔しているのか？

　ヒーラはパティオのドアの前の騒ぎに注意を引かれ、ぐるぐる回る思考は止まった。片側に寄り、誰かが地面に伸びているのを見ると顔をしかめた。

「ニックのおばさんのトムが倒れたようだ」レオは心配そうに言った。近くのテーブルにグラスを置く。

　それ以上は一言も交わすことなく、二人はその女性とすでにまわりに集まっていた一団のもとに急いだ。傷ついた誰かが自分たちの世話と助けを必要としている間、二人の個人的な諍《いさか》いは忘れられた。

「こんにちは、トムおばさん」いつもの紺のニットとスカート姿でパティオに大の字になっている老女に、レオは挨拶した。巣から落ちてぼうっとしている小さな雛鳥《ひなどり》のように見える。「転びましたか？」

「椅子に足がつまずいて、勢いよく転んだの。まぬけな新しい靴、やっぱり履いてこなきゃよかった。若いころからヒールは苦手だったの。もう八十五歳なんだから、もっと賢くならなきゃいけないのに」

トマシーナ・マーチ、通称トムは、レオとヒーラに薄くほほ笑みかけた。「またお二人に会えて嬉《うれ》しいわ。椅子に座るのを手伝ってもらえる？　パティオの石板は骨張ったお尻には痛いし、冷たいの」

レオはしゃがみ、頭を振った。「先に診察させてください。大事な部分が折れていないか確かめたいので。どこかずきずきしたり、痛んだりします？」

「主にプライドかしら、レオちゃん」トムは諦めたようにため息をついた。「まだ加齢に堂々と打ち勝てていないの。頑張ってはいるけど、難しくて」

「骨はどうです？」ヒーラはレオの隣にしゃがんでたずねた。バランスをとろうとしてとっさにレオの肩をつかみ、ドレスではなくデニムで来たことに安堵《あんど》した。これなら裾を地面に引きずることも、無実の傍観者にうっかり妊婦用下着を見せることもない。

トムおばさんは鼻を鳴らした。「私はよたよたした年寄りかもしれないけど、地面に倒れたとき、打撲はしても骨折はしてないわ」

「でも、折れてないか調べたほうがいいんです」レオは笑いをこらえながら言った。

トムおばさんは骨張った長い指でレオの腕を突いた。「お兄さん、私はあなたを幼いころから知っているの。手を引っ込めて。代わりにあなたの奥様に、私の体におかしなところがないか調べてもらうわ」

ヒーラは笑いをこらえきれないまま、レオをそっと脇に押しやり、ゆっくりと、だが慎重にトムおばさんの小柄な体に深刻な損傷や切り傷がないか調べた。最後に、骨張った細い手首のまわりが腫れているのが気がかりで、右腕を優しく突いた。

「トムおばさん、手首は痛みます?」ヒーラはたずね、答えを求めて老女を見た。

「残念ながら、そのようね。こけると自分をかばうために手を出してしまうの。触ると少し痛いわ」

ヒーラはうなずき、もう一度そこを調べた。「きっと捻挫でしょう。でも、見た目からは骨折しているかどうか判断がつきません」

トムおばさんはぷりぷりした。「ばかな年寄り」

「そんなことありませんよ」ヒーラは慰めた。「あなたはつまずいただけで、それは誰にでも起きることです。ただ、念のため病院に行ったほうがいいと思います。痛み止めも出してくれるでしょうし」

「ああ、面倒くさい」トムおばさんは言った。「骨折じゃないわ。ずきずきして、触ると痛いだけ」

「でも、念のために」レオも同意した。

「わかった、できれば行きたくないけど。来週、婦人会のバス旅行でトーキーに行くの。休めないわ」

ヒーラはなだめるようにほほ笑んだ。「片腕しか動かせなくても、旅行には行けると思いますよ」

「捻挫でも、腕は休めないと」レオが慎重に言い添え、トムおばさんへの思いやりを示した。「ヒーラの診察は終わったので、椅子に座りましょうか?」

ニックとレオが優しくゆっくりと、トムおばさんを石板から引き上げ、椅子に座らせた。老女の肩を優しく揉《も》み、レオは言った。「氷を取ってきます」

ヒーラは立ち上がり、腕の負傷の兆候がほかにないか再び調べた。突き出した骨や傷がないとわかると、トムが傷ついた腕を体の上に置くのを手伝った。

「あなたがあの子と結婚した理由がわかる」トムおばさんは言い、レオの後ろ姿を目で追った。「優しい人よね。思いやり深くて。昔からいい子だった」

ヒーラは鼻で笑いそうになった。思いやり?ヒーラも以前はそう思っていたが、今は分別がついている。ヒーラはため息をついた。「良い医師です」

「良い男でもあるわ」トムおばさんは言い張った。

「赤ちゃんはあとどのくらいで生まれるの？」

ヒーラはその話題の転換に喜んで飛びついた。ほほ笑んで答える。「ちょうど四週間後です」

トムおばさんは細く白い眉を上げ、考え込むように唇をすぼめた。「そんなにあと？　本当に？　もし赤ちゃんが早く出てきても驚かないで。私はこの才能を祖母から受け継いだの。祖母は曽祖母から」

「才能？」ヒーラは好奇心に駆られてたずねた。

「赤ちゃんが生まれる時がわかるの。当たるのよ」

ヒーラは顔をしかめたが、老女の言葉を流した。毎月の周期が規則的なため、予定日が正しいのはわかっている。それに、第一子は遅くなるのが普通だ。

「ずっと、レオを気の毒に思ってきたの」トムおばさんは二度目に話題を変えて言った。ヒーラは何と言っていいかわからず、身をこわばらせた。ニックはおばに、ヒーラとレオの別居を教えたのだろうか？　友人で知っているのはニックとビーだけだ。愛し合うニックとビーがこれほど幸せそうなことを考えると、うっかり忘れていたのかもしれない。

「そうなんですか？」

「ええ、レオの子供時代は少し大変でね。確かに、世間的には恵まれた家族だったわ。裕福で、それをひけらかす感じもあった。でも、妹が生まれた十二歳のときから、レオは親代わりになったの。レオの両親は二人ともロンドンで高いスキルを求められる華やかな仕事をしていた。長時間、時には一週間休みなしに働いていたわ。子供の世話は入れ替わりの激しい子守りに任せていた。ベテランもいれば、そうでない人もいた。レオの両親に長時間働かされて憤慨する若い女性もいたわ。最終的に、両親はレオにジョディの子育てを任せたの。少年には大きな責任よ。大きすぎる責任。社会福祉課が介入するべきだったけど、両親は裕福な中流階級だったから、当時は問題視されなかった。誰も上品な玄関の向こうは見なかったんでしょうね。同じ通りに住む人も誰一人、気づいてさえいなかったんじゃないかしら」

「でも、あなたは気づいた」この老女が描き出すレオの子供時代の図に不本意ながら興味を引かれ、ヒーラは言った。互いの過去の話はしてきたが、レオはいつも自分の成育環境は普通で、ほかの人と同じだと言っていた。だが、彼の少年時代は、ネグレクトと大きすぎる責任でいっぱいだったように見える。なぜヒーラには話してくれなかったのだろう？

「ニックから、妹の死にレオが大きな衝撃を受けたと聞いたわ。自分の子供を亡くしたような気持ちだったんじゃないかしら。自分が育て、愛したきょうだいだから。でも、罪悪感はもっと大きかったでしょうね。妹の依存症との戦いを助けられなかった医者として。両親はレオのせいにしているわ。相変わらず自己中心的よね。自分の落ち度を認めるより、ほかの誰かを責めたほうが簡単だもの。でも実際には、レオの両親は子供を二人ともネグレクトした」

レオが赤いチェックの布巾と氷の入ったバケツを持って戻ってきた。「トム、手首にこれを巻きましょう。腫れに効いて、痛みが少し和らぐはずです」

ヒーラとレオは協力してトムおばさんの腕に布巾を巻き、角氷を数個ずつ手首の両側につめて、腫れが和らぐようにした。それが終わると、レオは傷ついた腕をそっと元の位置に戻した。レオの動きはゆっくりで、慎重だった。優れた医師が患者を扱う方法ではあったが、彼の動作にはそれ以上のものがあった。レオがこの老女を心から思いやり、気遣っているのがわかった。それをいうなら、忍耐強さはヒーラが思うレオの美点の一つだった。レオが動揺することはめったにない。必要なときはつねに明晰《めいせき》で現実的な意識を保つ。ヒーラの父は気まぐれな感情や機嫌のままに生きていたため、レオの冷静さと落ち着きはいつもヒーラの疲れた精神を慰めてくれた。

ニックが再び隣に現れた。「トムおばさん、父さんが送るから救急外来でレントゲンを撮ろうって」

トムおばさんはぷりぷりしたが、待たせてある車に連れていこうとする兄弟と甥《おい》に従った。レオとヒーラに手短に礼を言い、別れの挨拶をする。

レオとヒーラは再び二人きりになった。車が走り去るのを見送ったあと、ヒーラはレオのほうを向いた。「私、家に帰る。社交の気分じゃなくて。ビーは忙しくて、私がいなくても気づかないだろうし」

レオはうなずき、両手をズボンのポケットに突っ込んだ。「わかるよ。僕も一緒に帰っていい?」

ヒーラは一瞬ためらってから答えた。「どうぞ」

急にレオにどう接していいのかわからなくなり、ぎこちなくほほ笑んだ。トムおばさんとの会話が頭の中に残っていた。なぜ両親はジョディの死をレオのせいにしているのか？ レオが話してくれなかった重要な情報だ。なぜ？ 反応を気にした？ ヒーラには話せないと思ったのか？ だからヒーラが出ていく前のあの数週間、ヒーラを締め出したのか？

今まで、レオの完璧な人生が見かけとは違う可能性を考えたことも、レオの家族の華やかな背景の奥にある現実の層を見ようとしたこともなかった。彼の両親には数回会ったが、いつも気後れし、自分を場違いだと感じた。両親は息子の妻の選択と、人脈を持たないヒーラへの落胆を隠そうとしなかった。

だが今思えば、ヒーラは自分の過去の悲惨さで頭がいっぱいだったせいで、ジョディの問題は別として、レオの少年時代が、自分が思っているほど無傷で完璧ではない可能性を考えられなかったのではないか？ レオはヒーラが両親と過ごす機会を極力減らしていた。それは、家族の中流階級らしい輝きの裏にある真実をヒーラに知られたくなかったから？

二人が話をするべき時が来たのだろう。互いの過去のすべてを知らないように思える状態で、二人の赤ん坊の将来に関する決断ができるはずがない。

騒がしいパーティのあとでは、ナロウボートは心地よく穏やかだった。ヒーラは靴を脱ぎ散らし、指先をもぞもぞと動かして解放感を楽しんだ。ラウンジに入ると、レオが反対方向から歩いてきた。

「風呂の準備をしたよ。腰が痛いんだろう?」

ヒーラはうなずいてほほ笑み、ぎこちなくも反抗的にもならないようにした。ヒーラの機嫌と体調を察するレオの能力にはいつも魅了されていた。ヒーラがハグしてもらいたいとき、一人で考えたいときを見分けるレオの技は、驚くほど本能的だった。人生で出会った誰も、ヒーラをそんなふうに読み取ってはくれなかった。気遣ってはくれなかった。

「実は、死にそうなくらい。私の背骨を圧迫するのが、この子のお気に入りの体勢なんだと思う」

「タオルを取りに行っておいで。僕はオレンジジュースを入れるよ。風呂に浸《つ》かりながら飲めばいい」

ヒーラはためらったがうなずき、喜んでレオの勧めに従った。「ありがとう、レオ」

レオは軽くほほ笑み、飲み物を準備しに行った。

ヒーラは寝室に入り、服と下着を脱いで、清潔なタオルを体に巻いた。数カ月ぶりに自分の世話をしてくれる人がいるのは心地よかった。父とアートは長年、せいいっぱいやってくれていたが、二人とも昔気質《かたぎ》の男性で、子供の感情が何を必要としているかは理解できていなかった。だが、レオはいつもヒーラに安心感を与えてくれた。ジョディが亡くなり、レオが心を閉ざして、ヒーラが自分は何をすべきか、どうやって彼を助ければいいかわからなくなるまでは。ヒーラはそんな状況に直面したことがなく、パニックになって、レオは自分を遠ざけたいのだと思い込んだ。ほかの大勢の人が自分を見捨てたように。

小型の浴室に向かうと、レオが外で待っていた。「飲み物だよ」レオは言い、冷たいジュースが入ったグラスを渡した。ヒーラがグラスを受け取るとき、レオの指がヒーラの指に当たった。液体が縁からこぼれ、ヒーラの指先についた。ヒーラは上唇を舌でなめ、ためらってから言った。「話せない?」

レオはヒーラをしばらく見たあと、うなずいた。「いいよ。君が風呂に入る間、僕がここに座っているのはどう? ドアを開けておけば、声は聞こえるだろうし。特に何か話したいことがあるのか?」

ヒーラは浴室に近づいたが、中に入る前に、肩越しに振り返った。それが良い考えかどうかわからないままに言った。「妙なふうに聞こえるかもしれないけど、あなたの子供時代の話をしてくれない?」

レオは床に座り、二人を隔てる石膏《せっこう》ボードの壁にもたれた。ヒーラは日常のことか漠然としたことをきいてくると思ったが、子供時代のことだったので驚いた。なぜ、レオが最近では考えることも話すこともない人生の一時期のことが知りたいのだろう? それだけはきかないでほしかったようなことを。

目を閉じると、半開きのドアから薔薇《ばら》ときゅうりの香りが漂ってきた。ヒーラが健康用品店で買っている棒石鹸《ぼうせっけん》の香りだ。ヒーラはめったに香水をつけず、シンプルで清潔な香りを好む。その香りは昔、二人でベッドで身を寄せ合っていた夜を思い出させた。すっぽりと相手に包まれていた夜。肌が触れ合い、心臓の鼓動は双子のように同じリズムを刻んだ。

浴室に入ってヒーラにキスできるなら、何でも差し出せるとレオは思った。ヒーラの体に身を埋《うず》め、自分がただのレオになれる特別な場所に戻れるなら。夫でも兄でも息子でも医師でもない、レオという男に。

「レオ?」

ヒーラが促す声が聞こえ、レオはびくりとした。ようやくレオを地面に押しつけたがっているような視線を向けず、話をする気になってくれた今、妻を失望させたくなくて、一瞬言葉につまった。

「どこから始めればいいのかわからない」レオは認めた。「君は僕の子供時代のことをほとんど知っている。両親はとても成功したロンドンの――」

「ううん、そんな退屈な話じゃなくて」ヒーラは遮った。「あなたの毎日の暮らしよ。ニックのおばさんに、ご両親は子守りを雇っていたと聞いたの。あなた、一度もそんなことは言ってなかった」

ヒーラが急にレオの過去に興味を示した理由がわかった。レオが氷とタオルを取りに行っている間に、トムがヒーラに何か言ったのだ。二人が自分の家族について話したと思うと、いい気はしなかった。両親が面倒な人たちであることも、偏見からヒーラに辛辣な態度をとっていることもわかっていたので、レオは努めてヒーラを両親から遠ざけていた。両親はレオとヒーラの結婚を一時的な不都合と見なしていた。父は結婚式の朝、離婚弁護士の電話番号まで渡してきた。レオはそれを即座に捨てた。あの老女は何を言ってヒーラの好奇心を刺激したのだろう?

「ああ、子守りは大勢いたけど、そのうち搾取されたという抗議が仲介業者に殺到して、誰もよこしてもらえなくなった。両親は子守りをいいように使っていたんだ。だって、ミーティングだのパーティだの、もっと興味深く楽しい催しに呼ばれているのに、どうして子供のことなんか気にかける?」

「でも、それが親の仕事よ」ヒーラは反論した。「子供の世話をすることが」

レオは乾いた声で笑った。「親は千差万別だ、君も知ってるだろう。適切な親も不適切な親もいる」

「あなたの親は?」ヒーラは促した。

「そもそもいなかった」レオはため息をついて言った。「僕の両親は子供を、自分たちが望む生活を送る際の障壁とは見なしていなかった。子供は責任を負うべき対象ではなく、親の社会生活の自由を壊す権利もないと思っていた。ジョディと僕の誕生は、事前に準備した人生のリストにチェックを入れた二つの出来事にすぎなかった。友達に子供がいるから、自分たちも作ってみただけだ。ただ、両親が好んだのは、子供部屋の中に留《とど》まり、耐えがたいその存在や持ち物で家中を散らかしはしない子供だった」

「ひどい」ヒーラは非難のにじむ声で言った。

「そうだ」レオは言った。「でも、僕たちは前に進もう。僕たちの人生、僕たちの子供には違うやり方をとる。お互いの親の過ちと失敗は繰り返さずに」

「そうね、それがいいと思う。でも……」

「何？」ヒーラの声が不安げなのを感じ、レオは優しく促した。成育環境を知って、レオが良い父親になれるか不安になったのか？ レオはすでに良い夫と良い兄にはなりそこねている。ほかの関係ではこれほどしくじっていても、自分の両親のような親にはならないと証明する方法はあるだろうか？

「私たちも、仕事は忙しい……」ヒーラは指摘した。

つまり、ヒーラが心配しているのはレオだけでなく、二人のことなのだ。「子供のための時間が足りないようなら、僕は仕事を辞める。僕たちの息子や娘よりも、僕のキャリアを優先することはない」

「私もよ」ヒーラは真剣に約束した。「ああ、レオ、私たちいったいどうしちゃったの？」

レオは目を閉じ、ゆっくり息を吸った。何度も自分に投げかけてきた問いだ。ようやく、レオは認めた。「ヒーラ、僕は君を締め出したんだ。妹が死んだあと。すまなかった、それが僕がしたことだ」

「私の行動に原因があった？ 私、あなたを支えられてなかった？ 思いやりを示せていなかった？」

そっと心配そうに問いかけるヒーラの声に、新たな痛みがレオを貫いた。妻の声のかすかな震えに恥じ入る。「誓って言う、君に落ち度はなかった」

「でも、私は力にはなれなかったのね？」ヒーラは言った。「ジョディが亡くなったとき。私はジョディの病室で一緒にいる以外、あなたを癒やすことができなかった。看護大学では、患者やその家族に優しくし、支える方法を教わる。知らない人が相手ならそれは簡単よ。自分が深い影響を受けるわけではないから。仕事中に動揺したり悲しくなったりはするけど、それに対処する訓練も受けている。自分のむき出しの感情が守られ、視野を広く保てる場所に、それを置いておくの。そうしないと、長期的には仕事ができなくなるから。でも、あなたの痛みを前にすると、どうすればいいのかわからなかった。どうやって手を差し伸べればいいのか。試してはみたけど、あなたは私を受け入れてくれなかった」

ヒーラが自分を責めるさまにぞっとし、レオは適切な言葉を探した。あの時期をヒーラに理解できるようまとまった形で説明し、ヒーラが抱えている根拠のない罪悪感を打ち消す言葉を。「ジョディは依存症から抜け出す気も、ラスを失った痛みを手放す気もなかったと思う。それはラスとの唯一のつながりだったから。実際には、僕が知っていたジョディは、ラスが死んだ日に死んだ。その後のジョディは、僕と関わりのある見知らぬ女性にすぎなかった」

「私があなたの人生にいることに、ジョディはいつも腹を立てているのがわかった」ヒーラは静かに認めた。レオを動揺させないために、自分の中に秘めていた感情をあらわにした。「特に、最初に私のことが嫌いだとはっきり言われたときは」

ヒーラからは見えなかったが、レオはうなずき、妹との度重なる口論を思い出した。ジョディがヒーラをいつも無視していたこと。レオが部屋を離れたとき、ヒーラに嘘《うそ》を吹き込んでいたこと。ヒーラがそれを信じてレオと別れることを期待して作られた嘘。ジョディがまたレオを独り占めするための嘘。

「ジョディは嫉妬していたんだと思う。僕には仕事と家と君があった。妹にあったのは薬と悲しい昔の記憶だ。妹はほかの誰かと僕を共有したことがなかった。ずっと僕とラスの間で育った。つらいときはいつも助けてもらえた。やがてラスが死んで、ジョディが安全だと思っていたものはすべて終わった」

湯が滴る音が浴室から聞こえ、レオはヒーラが体勢を変えたのだと思い、彼女が浴槽の中で動くたびになめらかな白い肌を湯が流れるさまを想像した。

物音に顔を上げると、ピンクのタオルを巻いたヒーラが隣に立っていた。薔薇色になった頬と、首元で細かくカールした濡《ぬ》れた髪筋。その巻き毛をもてあそびたくて指がうずいたが、やめておいた。

ヒーラはしゃがんで言った。「ジョディのことは気の毒に思ってる。本当に」

レオはうなずき、ヒーラの肩の曲線をなでてしまわないよう、手をこぶしにした。ヒーラの鎖骨のまわりの肌に散っている滴を拭いたくて、指がうずく。身を乗り出し、ヒーラの柔らかな唇にキスし、この数カ月間の痛みと傷をほんの数秒で溶かしたいと、レオのあらゆる部分が叫んでいた。「僕もだ」

「本当にひどい状態ね？」ヒーラはささやいた。

レオはうなずき、タオルだけで覆われたヒーラの腹のふくらみを見た。「ああ、でも僕たちには生まれてくる子供がいる。僕は父親としては、夫としてやってきたよりもうまくやると誓うよ」

ヒーラはわずかに身をこわばらせたあとうなずいた。「ゆっくりやっていきましょう。いい？」

レオはうなずき、ヒーラが与えようとしてくれているチャンスに感謝した。

ヒーラは手を伸ばし、レオのこぶしをつかんで開いた。その手を自分の腹に当てたが、レオが引っ込めるのを恐れるかのように下を向いていた。「赤ちゃんが動いたり蹴ったりするのを感じたい？」

レオは唾をのみ、目がちくちくするのを感じながら、ささやき返した。「ああ、ヒーラ。ぜひとも」

ヒーラは顔を上げ、レオと視線を合わせた。灰色の目がレオの目をとらえる。「ほら……感じる？」

タオルを震わせる力強い衝撃が手のひらの中心に当たると、レオはほほ笑んだ。目の縁から一粒の涙がこぼれ落ちた。まだ見ぬ子供のキック。自分も一緒に作った赤ん坊。「ああ、ヒーラ。感じるよ」

7

ヒーラはガラス製の小さなドーム型の覆いを持ち上げ、黒いプラスチックの鉢の中にかすかに芽吹いた玉ねぎの種に水をやった。覆いを戻し、ゆっくりと次の野菜の鉢、今度は小さなビーツの根に移り、やはりピンクのじょうろから適量の水をやった。

ヒーラがナロウボートの屋根に上がったのは考え事をするためで、夕方から夜になるにつれてゆっくり下りてくる暗闇が、かき乱され、混乱した頭の中をじっくり整理するのに完璧な場所を作ってくれた。

レオのことはどうすればいい？　傷ついた自分を脇に置いてレオの視点から状況を見たとたん、この数カ月間考えていたことは見当違いだったと気づいた。今まで本当にレオの視点に立ってこなかったのか？　一度も？　恐ろしい事実だが、そのとおりだ。

ヒーラはわずかに芽吹いた次の野菜の鉢に水をやり、自分本位な行動にため息をついた。いつ自分は思いやりを失ったのだろう？　他人の視点を軽視する人間ではなかったはずだ。だが、ジョディの死の直後と、その後レオがヒーラから遠ざかり、ヒーラを脇に押しやって沈黙と無関心を続けたおぞましい数週間を思い返すと、ヒーラが一瞬でもレオの気持ちを考えたり、彼の悲しみの深さに気を留めたりした記憶はなかった。確かに、完全に無神経で冷淡ではなかった。レオが動揺し、絶望していることは知っていた。だが、死を悼む初期に誰もが抱えるストレスや感情の奥に、それ以上のものがある可能性を考えたことはなかった。レオの悲嘆に、自分が育ててきたも同然の妹を最後に助けられなかったことへの罪悪感が混じっていることも想像できなかった。

だが、レオが話さなかったのに、なぜヒーラがそれを知りえただろう？　レオは子供時代のことも、自分が妹の親代わりになっていたことも話してくれなかった。レオが救いを求めてこなかったのに、どうやってヒーラが助けられただろう？　レオは自分の痛みを伝える努力を放棄していた。二人が前に進むには、レオが克服しなくてはならない痛みを。

ヒーラはジョディの病室にレオと一緒に座っていたときのことを思い出した。レオの両親がスペインから飛んでこないのを不審に思っていたが、今ならその理由がわかる。娘の心身の健康に興味がなく、レオの苦痛に関わりたくないほどに自分勝手なのだ。

では、自分は？　結婚とは、良い時も悪い時も相手に責任を持つパートナーシップのはずでは？　ヒーラは良い時だけ楽しみ、悪いことが自分を試すように押し寄せてくると、悲惨な裏切りをしたのではないか？　実際にはレオの両親同様、意図せずしてレオをネグレクトしたのでは？　自分が愛し、助けると誓った男性を。自分の全世界だった男性を。

つまり、問題はレオがヒーラを捨てたかどうかではなく、ヒーラがレオを捨てたという事実ではないか？　結果的に二人は互いの存在と親しさを失ったが、それは二人とも正直に話せなかったからでは？

ヒーラはため息をついた。自分の思考に混乱させられていた。相手を失望させた罪はどちらにある？この数カ月間で初めて答えがわからなくなった。

空のじょうろを鉢の脇に置き、水が滴るプラスチックの散水口にねまきとローブの裾がつかないよう気をつけ、両手を腰に当てて運河の先を見つめた。

数羽のあひるが泳いでいき、ヒーラの方向に挨拶するように鳴いた。駒鳥が木から飛び立ち、遠くのナロウボートに止まって、屋根の上に座って夜のカクテルを楽しんでいる乗客たちを驚かせた。ヒーラは笑って向きを変え、無言の自問自答を再開した。

傷ついた気持ちよりレオの心痛を気にかけ、優先できなかった自分が悪いのか？　自分がレオとその悲しみに対処する術《すべ》を知らなかったせいで、レオは一人悲しみの中に姿を消すことになった？　反応の仕方がわからない状況に留《とど》まり、対峙《たいじ》する代わりに、逃げるという昔ながらの習慣に陥ってしまった？

罪悪感にまみれた一筋の羞恥がヒーラの中を這《は》い回り、良心を突いた。あの時期、自分はじゅうぶんに力になってあげられなかったのではないか？

自分たちが関係を築いていたころを思い出す。急速で熱烈な時期だった。少しでも時間が空けば二人で過ごそうとした。家族のことをきかれると、互いに表面的な話しかしなかった。それは、二人とも子供時代を恥じ、自分が世間に見せようとしている自己像に及ばないことを知られたくなかったからか？

それも二人が犯した過ちなのか？　本当の自分を相手に見せていなかった？　時間をかけて心の奥深

くまで知ろうとしていなかった？　これらの疑問には答えが出なかったが、夫と妹の関係が単なるきょうだいより複雑だったのは理解できた。トムおばさんが言うとおり、ジョディが死んだとき、レオは医師としても兄としても失格だと感じたのだろうか？

ヒーラとレオがつき合い始めたころ、ヒーラはジョディに手を差し伸べ、問題を抱えた彼女を助けようとした。だが、ジョディはヒーラの助けはいらない、ヒーラが兄の人生に関わることも気に入らないと言った。ヒーラはジョディの抵抗に腹は立てず、何週間か待ってから再び試みた。レオと妹のために何かしたい、味方になりたいと意気込んでいたが、ジョディは憤慨して、すべての試みを遮断し、ついにはヒーラにいじめられていると言いだした。

そして、嘘《うそ》が始まった。最初は、レオが部屋にいないときにヒーラが意地悪を言ったなど、たわいもないものだった。やがて、レオが勤務中の夜にヒーラが遊び歩いている、レオが別の女性と会っている、などと言うようになった。ことあるごとに二人の関係に疑念や不信感を入り込ませようとした。

ヒーラはその状況への対処の仕方がわからず、ジョディの言葉も信じるつもりはなかったので、レオにジョディがヒーラをよく知るチャンスがあるまで待ってほしいと言われると、引き下がった。妹の態度のことでレオが言い訳するのは腹立たしい時もあったが、レオはジョディを誰よりも理解しているし、そのうち状況は改善されるとヒーラは信じた。残念ながら、急にジョディはレオと二人きりで、たいていはナロウボートから離れた場所で会いたがるようになったため、親しくなるチャンスは訪れなかった。

正直なところ、ヒーラはジョディの意地悪で子供じみた態度に対処する必要がなくなってほっとしていた。ジョディを助けたい気持ちはあったが、レオと結婚したときは、ジョディの嫌悪感と怒りと依存症の影が自分たちを覆うとは思ってもいなかった。

だが、レオにとって妹を失うのがどれほどつらいことだったか。きょうだいとともに育っていないヒーラに、そのつながりが人にどう作用するのかを理解するのは難しかった。兄弟姉妹だけが理解できる、距離の近い複雑さを。だが、レオが責任を簡単に放棄する人でないのは知っていた。自分たちが別れたときも、レオはヒーラが経済的に苦労しないよう、銀行に生活費が振り込まれるようにしてくれた。ヒーラはやめてと言ったが、それは毎月振り込まれた。

ヒーラは腕組みをして暮れゆく空に目をやり、頭上で小さなふわふわした玉のかたまりになっている雲を眺めた。玉の形はそれぞれ異なるが、互いにつながっていて、ヒーラとレオとは大違いだった。

レオの妹が亡くなったとき、二人は頭上の雲のように互いにくっつくのではなく、少しずつ、つらい思いをしながら、ゆるやかに離れていった。

愛する人より自分の感情を優先したヒーラはひどい人間か？　それは、互いに責任を持つ関係においては大きな禁止事項ではなかったか？　ヒーラにはわからなかった。レオはヒーラが恋したただ一人の人だ。全面的に信頼していいと思えた唯一の男性だ。恋愛ゲーム自体、ヒーラにはなじみがなかった。間違った道順と、やっていいこととといけないことがある、感情と欲望の迷路。その大半が理解できなかった。だが何年も前、図書館で借りた本に恋愛の重要なルールが載っていた記憶はある。パートナーの欲求を最優先させることもその一つだっただろうか？

もしかして、自分は恋愛に向いていないのか？　父の失敗した恋愛をたくさん見てきたせいで、情緒と思いやりが打ち砕かれた？　父と同じく恋愛ゲームが下手なのでは？　実際には存在しない、幻の感情を追いかけているのだ。だから、数週間か数カ月、よくて一年しかその感情を経験できない。

ナロウボートの反対側から音が聞こえ、レオが階段を上ってくるのが見えた。両側の金属の手すりを握ったまま、足を止める。ヒーラの妊娠がわかったとき、ヒーラが屋根に上がるときのリスクを抑えたいとレオが言い、設置してくれた手すりだ。

静かに立ってレオの姿を見ていると、鼓動が速くなった。なぜレオを見ると、今も体の奥深くで熱い衝動に火がつくのだろう？　レオが近くに来るたびにスキップしたり反応したりしてはいけないことを、体は知るべきではないか？　いつ、この指はレオの豊かな黒髪に触れたがるのをやめ、裏切り者の唇は彼の唇にキスしたい衝動を失うのだろう？

レオが屋根に上がり、歩いてくると、ヒーラは無理に笑顔を作った。レオのゆったりした大股の歩き方は印象的で、快かった。ヒーラはレオの歩き方が大好きだった。それは空気が揺らめく夏の午後と、くるみと黒胡椒《こしょう》がほのかに香る熱く柔らかなブランデーを思い出させた。熱い刺激がある、素朴な味。

「庭いじりはどう？」レオはたずね、じょうろが小さな水溜《みずた》まりを作っている場所に目をやった。

「食べる？」ヒーラはたずね、ローブのポケットからさくらんぼを取り出した。食べたくてたまらないクリームケーキよりもこれを食べたほうがましだと思い、台所を出る前にひとつかみ取ってきたのだ。

レオはうなずき、差し出された果物に手を伸ばした。それを取り、口に入れる。「うん、おいしい」

ヒーラはうなずき、裏切り者の目がさくらんぼを咀嚼《そしゃく》するレオの口を見つめた。その口角を、レオが二年前に初めて過酷なクロスカントリーランニングに挑戦し、コースの中間地点で木にぶつかってできた小さな傷の脇を、どれほど舌でなめたいことか。

だが、それは過ちであり、ヒーラはすでに多くの過ちを犯している。後悔している数々の過ちを。

「植物がすごく健康で驚いた……」ヒーラはとつぜ

ん言葉を切った。近くの二軒の家から聞こえてくるクラシック音楽と笑い声以外にじゃまするもののない穏やかな薄闇の中にいると、二人の間に大量にある不快な問題を蒸し返すのは間違っている気がした。ある種の暗黙の休戦協定に到達した今夜は。

「君のために庭を維持しようと頑張った」ヒーラが口にしなかった言葉を予想したように、レオは言った。彼はヒーラに近寄ったが、体には触れなかった。

ヒーラは冬野菜でいっぱいのプラスチックの鉢と春夏野菜の幼くいたいけな芽を見回した。ヒーラが種をまき、世話をした植物だ。これらを育て、収穫するときに自分がいないとは思ってもいなかった。

だが、レオが世話をし、水をやっていたおかげで、植物は健康で幸せそうだった。なぜ? この庭はヒーラの趣味だ。本当に今言ったとおり、レオはヒーラのために世話をしたのだろうか? ヒーラの小さな庭を維持する程度には気遣っていると示すため?

ヒーラはおじのナロウボートの上で何かを育てようとはしなかった。あらゆるものへの熱意が薄れていた。だが、レオは労力が無駄になるかもしれないのに、この小さな庭を気にかけ、世話をしてくれたのだ。レオのその行動にヒーラの心は温かくなった。

「まだ食べる?」ヒーラはたずね、ポケットからつやつやした黒っぽいさくらんぼの二つ目を取り出した。レオに礼を言うべきか、答えを求めるべきかわからなかった。今夜、二人は話をしたが、あまりに多くの疑問が今もヒーラの心を悩ませていた。

レオは笑い、それを受け取った。あたりを見回して言う。「ここはすごく平和だね?」

ヒーラはレオを見て、彼の長い首のラインと、Tシャツのゆるい襟元でカールした髪を眺めた。レオはリラックスし、満たされているように見える。自分に満足しているように。でも、それは本心だろうか? それとも、皮膚の下ではもっと深い感情が泡立ち、今にもこぼれそうになっているのだろうか？

「人生とは違ってね」ヒーラは言った。

レオはうなずき、ヒーラのほうを見た。「最近は静かでも平穏でもなかったね？　僕たち二人とも」

赤ん坊が蹴り、ヒーラの返事を妨げた。ヒーラは笑い、腹に手を当てた。「ちびが起きたみたい」

「赤ん坊に必要なものは揃《そろ》ってる？」レオはたずね、過去から未来に焦点を移した。「手伝おうか？」

ヒーラは自分たちの子供を愛情を込めてなでた。

「まだ買わなきゃいけないものが二、三あるの。ぎりぎりまで先延ばしにしていたもの。早く買ったら縁起が悪いと思って。ばかげた迷信よね、本当に」

「ばかげてはいないよ。生まれるのは楽しみ？」

「ええ」ヒーラは認めた。「少し怖くもあるけど。もちろん、このことは何年も勉強してきたし、大勢の女性のお産を助けてきたけど、私には初めてだから。本で読んだり、ほかの人を見て学んだりするんじゃなく、実際に赤ちゃんを産むのがどんな感じなのかを知ることになる。あなたは？　楽しみ？」

レオは一瞬ためらったあと、まじめな顔できっぱり言った。「父親になるのが待ちきれないよ」

ヒーラは下唇をなめた。「赤ちゃんが生まれたあとどうするか、考えなきゃいけないと思うの。どうやって一緒に育てていくかを」

レオはヒーラの手に触れ、指をゆるく絡めた。

「そういうことを決める時間はたっぷりあるよ」

ヒーラは顔をしかめた。脳は手を引っ込めろと静かに叫んでいたが、体は躊躇《ちゅうちょ》した。「そう？　数週間なんてあっというまよ」

レオの手がヒーラの手を軽く握った。「ヒーラ、君に話したいことがあるんだ」

冷たい滴が背筋をゆっくり伝い、脳がヒーラに気をつけろと叫んだ。人がその言葉を言うとき、聞き手に喜びを与えることはほとんどない。よりによって今、レオは離婚したいと言うのだろうか？　二人一緒の未来はもう見ていないと？　この甘美な時間は、醜い現実の介入で台なしになってしまった。

「そんなに急がなくても——」ヒーラは言いかけた。

「いや、君に聞いてもらわなきゃいけない」レオはヒーラの言葉を遮り、その口調は決然としていた。ヒーラが話題をそらそうとしても、先延ばしにするつもりはないことがわかった。レオの表情は、父がまたも別の女性と暮らすことにしたか、別の国に移ることにしたとヒーラに告げる時を思い出させた。

ヒーラはそっぽを向き、通り過ぎる虫に視線を落とした。この虫と体を交換し、小さな穴や深い割れ目に逃げ込めたらどんなにいいだろう。あるいは、水に飛び込み、新たな場所へ泳いでいけたら。だが、数カ月前に家を出たときにそれをしたところ、人生はそう簡単に避けられるものではないとわかったため、ヒーラはうなずいた。「わかった、話して」

「実は、会っている人が——」

ヒーラはこれ以上聞きたくなくて、レオの手から手を引き抜いた。耳をふさいでヒステリックな子供のように大声で歌いたい衝動に抗《あらが》い、ぴしゃりと言う。「やめて。お願い。何を言おうとしているかは想像がつくし、私は知りたくない。今夜は」

自分たちの結婚の失敗は、レオだけのせいではないことを受け入れ始めたところなのに。

レオは立ち去ろうとするヒーラの腕をつかんだ。その力は強かったが、痛くはなかった。「ヒーラ、僕が何を言おうとしていると思っているんだ？」

ヒーラは深く息を吸い、人生の大半につきまとってきた恐怖を葬ろうとした。これから何度、男性たちはヒーラの気持ちを考えず、すべてを自分の思いどおりにするために、ヒーラの人生に影響を与えようとするのだろう？　父は何度、ヒーラの安全と幸福よりよく知らない女性を優先させてきただろう？

父自身の欲求と比べると、わが子の欲求はどうでもよかったのだ。レオは今、すでに粉々になったヒーラの心をさらに打ち砕こうとしている？　ヒーラがどれだけ些細な存在であるかを改めて示そうと？

「離婚したいのだとしても、赤ちゃんが生まれるまでその話はしないで。しばらくは子供に集中して、それ以外は忘れられる時間が欲しいの。お願い」

ヒーラの言葉に、レオはあっけにとられた。離婚？　冗談だろう？　二人の子供が生まれるまであと数週間という時に、自分がそのような戯言《たわごと》を言おうとしていると、ヒーラは本気で思っているのか？

ああ、自分がどれだけ愛しているか、ヒーラは知らないのか？　ヒーラでなければだめになってしまったから、ほかの女性とは会っていないことを？　誰もヒーラのようには笑わないし、胸をどきりとさせないし、ヒーラにしかできない形で怒りをかき立てない。自分にはヒーラしかいないのに、彼女はもう自分の言うことを信じてくれないのだ。埋め合わせをしなくてはならない失敗と問題がたくさんある。

今夜、レオはすぐにはヒーラを捜しに行かなかった。昼間の会話のあと、仕事の書類に没頭しようとしたが、集中力が働かなかった。成長中の自分たちの子供の上に手のひらを置いた記憶と、赤ん坊が蹴ったときの快い衝撃は永遠の宝物になるだろう。

だが、ヒーラと別れたあと、仕事をやり残した感覚があった。話さなくてはならないことがまだあるという感覚。やっとヒーラの前で正直になり、心の秘密を認められるようになった今、すべてを打ち明けたかった。すべてをヒーラに話し、ヒーラを正確に何から、なぜ守ろうとしたかを聞いてもらいたかった。今までできなかったことが今できる理由はないが、少なくとも試すべき時が来たと思った。

もし過去の秘密が、すべてを覆い隠そうとする奔放な蔓《つる》のようにレオに絡みついているなら、二人がどんなふうに子供を育てようと、誠実な未来への道をどうやって見つけられるだろう？　修復を望むなら、過去をさらけ出し、対峙するしかないのでは？

周辺をうろついていては、間違った方向に進み、ヒーラを不必要に傷つけてしまう。レオは会話を始めようと決意し、勇気を振り絞った。警戒するような目から、妻が逃げたがっていることは明らかだったが、レオはヒーラをそっと引き寄せ、体を自分の前で止めた。ヒーラの腹の丸みがレオの平たい腹の上に収まる。レオはヒーラの頰を包んでささやいた。

「僕が離婚を望んでいると思うのか？」

「違うの？」ヒーラは口ごもった。「私とのことは終わらせて、新たな人生を始めたいんでしょう？」

「違うよ。それに、子供がいる以上、僕たちが終わることは決してないんだ」

〝僕の心が今も隅々まで君のものである以上〟

レオは頭を振って強く言った。「離婚はしたくない。なぜ僕が離婚を望んでいると思うんだ？」

ヒーラは肩をすくめて顔を赤らめた。「わからない。あなたが話があると言ったときに、そう思い込んだみたい。あなたは誰かと会ってるんだって」

「じゃあ、その考えは捨ててくれ。僕が興味を持っている人はほかにいないし、離婚に関する決断を下すとしても、それは先延ばしにできることだ」

「良かった」ヒーラは震える声で言った。

レオはほほ笑んで追及した。「良かった？」

ヒーラは身をこわばらせ、視線をそらした。「ええ、まあ。ほかの人たちを巻き込まず、混乱を引き起こさずに離婚はできないもの。聞いた話だけど」

レオの親指がヒーラの口角を優しく愛撫《あいぶ》した。

「君はまだ、僕が求めているのは君だけであることを聞く準備ができていないようだ。僕が君を傷つけたせいだね。それは僕が抱え、今後も抱え続ける悲しみだ。でも、僕が君に伝えたいのはこのことだ。確かに最近会っている人はいるが、その理由も目的も恋愛とは関係ない。僕の精神の健康のためだ」

ヒーラは顔をしかめ、レオと目を合わせた。レオの真意の手がかりを探そうと、灰色の目がレオの顔を探る。「どういうことなのかわからない」

レオはヒーラの緊張と混乱を感じ取った。話を始めたからには、この時間を長引かせたくなくて続けた。「この数カ月間、週一で悲嘆《グリーフ》カウンセラーにかかっていた。君が出ていってからずっと」

ヒーラはレオを見つめ、その言葉の意味を理解しようとした。口を開け、また閉じたあと、ようやくたずねた。「カウンセラー？　あなたが？」

レオはうなずき、自意識で肌が熱くなるのを感じた。助けを求めることは恥じていないのに、なぜこの話をするのがこれほど気まずいのか？　だが、これは自分が驚かせようとしてきた女性なのだ。自分がヒーローになりたいと思ってきた女性。「ああ」

「どうして？」

「君が出ていったとき、僕はやっと自分の惨状に気づいて、二人の関係を修復するには、自分をのみ込んでいる苦悶《くもん》を理解する必要があると悟ったんだ」

「ああ、レオ」ヒーラは言い、自分の顔に触れているレオの手に手を重ねた。「私、てっきり……」

「何？」

「いいの。私、あなたがカウンセラーにかかるなんて思ってなかった」

レオは鋭い声を発したが、それは笑い声でもうなり声でもなかった。だが、確かに不快感を表す声だった。「なぜ……僕が医者だから？　男だから？」

「いいえ」ヒーラは言った。「あなたは私には絶対に話をしたがらなかったからよ」

「それは、君に何を話せばいいのかわからなかったからだ」レオは打ち明けた。「実際には、僕はまさに助けを求める必要がある人間だったし、それが言えないほどプライドが高いわけでもなかった。でも、君が出ていくまでそれに気づいていなかったんだ」

ヒーラはレオを見つめた。「私たち、こんなにも何もかもをめちゃくちゃにしていたのね？」

「でも、今からそれを修復するんだろう？」レオはヒーラと視線を合わせ、質問が二人の間で宙に浮いた。レオが専門家に助けを求めたことを、ヒーラが弱さと見なしたらどうする？　それが理由で、もうレオといたくないと結論づけたら？　カウンセリングのことを知った今、レオを壊れた、欠陥のある人間だと思うようになったら？　劣った人間、哀れな男だと？　ヒーラに正直に話すことは頑として避けてきたのに、見知らぬ人間には話すことに憤慨したら？「重要なのはそれだけだろう？」ヒーラが黙っているので、レオは心配になって言った。「僕たちが、少なくとも過去の混乱の収拾を試みること」

8

ヒーラはバスを降り、通りの反対側の戦後に建てられた大きなコンクリートの病院を見つめた。入り口を人々が出たり入ったりし、そこに時々白衣姿の医師が交じる。緑の制服から救急救命士とわかる二人が、患者を乗せたストレッチャーを救急車から下ろして押していき、そのあとを昼休みから戻ったらしき三人の看護師がお喋《しゃべ》りをしながら続いた。

ヒーラは深く、勢いをつけるように息を吸ったあと、道路を渡ってその建物に向かい、レオが朝のシフトで働いている病院の中心部を目指した。

ヒーラがこの病院に来たのは思いつきで、今ではこれが間違いでないことを祈っていた。バスで街に向かう間、この外出が吉と出るか凶と出るかわからず、心の中で自分と議論していた。だが昨夜、レオから子供の誕生が楽しみだと聞いたため、朝起きたとき、赤ん坊の誕生前に必要な最後の数品の買い物にレオも参加したいのではないかと思ったのだ。

広く長い病院の廊下を歩き、救急外来に向かっていると、診察や見舞いに急ぐ人々とすれ違った。大半の人がこわばった不安げな顔をし、一人一人が自分の思考と心配の中に閉じこもっていた。

救急外来に着いたヒーラは、混雑する慌ただしい待合室を見たあと、デスクの前でパソコン画面をにらんでいる疲れた顔の中年の看護師に近づいた。

「こんにちは、どういったご用件でしょう?」上の空のくたびれた笑顔で、看護師はたずねた。ヒーラの大きなお腹を見て即座に言う。「産科をお探しなら、場所をお間違えですよ。ここは救急外来です」

ヒーラは頭を振って、片手をデスクに置いた。

「実は、ドクター・ライトとお話ししたいんです」

看護師は驚いた顔でヒーラを見たあと、あたりを見回した。「どこかにいらっしゃるはずですけどね。今日は患者さんの診療を終えたところだと思います。今日はとても忙しくて。患者さんのご家族ですか? もしそうでも、先生とはお話しできないと思います」

「いいえ、そうではなくて」看護師が自分を追い払うほかの理由を思いつく前に、ヒーラは言った。レオとの婚姻関係を認めるべきかどうかわからず、ためらった。今もレオの配偶者を名乗る権利はあるのだろうか? 昨夜、レオは二人の関係を修復したいと主張したが、あれはどういう意味なのだろう? 二人の生活を以前の形に戻したいのか、新たな関係を築きたいのか。二人は別々でも子供で結びついている未来を見ているのか、それとも同居カップルに戻りたいのか? 二人が経験した痛みと誤解のあとで、それは可能だろうか? やり直そうとしたとして、次に問題やジレンマが生活を蝕《むしば》んだときはどうなるのか？　レオに追い払われたり捨てられたりする、胸の悪くなるような感覚は二度と味わいたくなかった。子供時代には多くの苦難に直面してきたが、レオを二度も失えば自分は破壊されてしまう。

「ヒーラ？」

聞き慣れた男性の声が聞こえ、デスクの向こうの女性にこれ以上説明する必要がなくなると、ヒーラは安堵《あんど》に崩れ落ちそうになった。振り向いて、自分が話をしに来た男性と正面から向かい合う。青の医療着の上に白衣を着たレオは、いかにも医師らしかった。背が高くて有能で、気が散るほどハンサムだ。

レオは近づいてきて、ヒーラの肘に触れた。コートの厚い層越しに、ヒーラは優しくつかまれる感触を感じた。レオの眉間に心配そうにしわが寄る。

「何かあったわけじゃないよな？　赤ん坊は？」

ヒーラはすぐにでもレオの心配と不安を和らげたくて、うなずいた。「私も赤ちゃんも大丈夫。ただ……」デスクの向こうの看護師が堂々と自分たちの会話を聞いていることに気づき、ヒーラの言葉はとぎれた。「二人きりになれる場所で話せない？」

「もちろん」レオは言い、看護師をじろりと見た。「失礼、妻と話があるので」

「妻？」看護師はきき返したが、レオは答えず、ヒーラを庭に面した大きな窓の前に案内した。数人の患者がベンチに座り、穏やかな環境を楽しんでいる。

「私がここに来た理由は……」急にこれが良い考えかどうかわからなくなり、ヒーラは言葉を切った。レオと一緒に行くことに必死になっている印象を与えず、買い物に誘う理由をどう説明すればいい？　実際、必死にはなっていない。最後の数品を選ぶのを、レオは手伝いたいかもしれないと思っただけだ。ヒーラがやるべきなのは、レオの返答など少しも気にしていないように聞こえる言い方をすることだ。

レオがこの誘いを断ったり、ほかに予定があると言ったりすれば、ヒーラは出ていき、一人で買い物をすればいいだけだ。大騒ぎする問題ではない。ただ質問をして、あとはレオに委ねればいいのだ。

「私がここに来た理由は……」ヒーラは言いかけた。

そして、再び口をつぐんでレオを見た。もしレオが一緒に来てくれなかったらどうする？　また最低限の交流に戻るほうがいいと思っていたら？　レオは今もヒーラを求めていると言ったが、それはどういう意味？　この二日間、互いに自分の気持ちを話し始めたことで、ヒーラの中には、二人の関係に新しいバランスを見つけられるのではという期待が生まれていた。ああ、優柔不断がひどすぎて頭が痛い。

「何だい？」レオはヒーラの腕を優しくつついた。

ヒーラは気を変えるには遅すぎると悟り、疑念を振り払った。「ベビーカーを買おうと思うの。まだ用意していなかったのよ。でも時間が迫っていて……実を言うと、先延ばしにしていたの……妊婦になると、何が縁起が悪いだの何だの聞かされるから。それで、もしよかったらあなたも――」

「僕も一緒に行きたい」レオはするりと割り込んできた。その目には喜びが輝いていた。「いつ？」

「今日」ヒーラは言い、レオが承諾してくれたことで弾《はじ》けた幸福感は無視した。大勢の人が日々処理している用件をヒーラと処理することにレオが合意したからといって、これほど喜ぶのはばかげている。それでも、嬉《うれ》しかった。なぜ自分にとってそれがそこまで重要なのか、あとになれば考えるだろうが、今はただレオの気が変わったり、緊急事態にレオが捕まったりする前に病院を出て店に向かいたかった。

レオは腕時計を見た。「あと十分でシフトが終わる。ここで待っていてくれる？」

ヒーラはうなずき、興奮して両手を打ち合わせたい衝動に抗《あらが》った。二人でベビーカーを選ぶのだ。

自分たちの赤ちゃんのために、一緒に。久しぶりに、高揚感が炭酸水の泡のように弾けた。「わかった」

レオはうなずき、向きを変えた。とつぜん足を止め、くるりと振り返る。ヒーラに笑顔を向けて言った。「ありがとう、ヒーラ」

ヒーラは困惑し、レオのほほ笑みに少しぼうっとして、口ごもった。「何が？」

「僕を誘ってくれて」レオは短く言い、歩き去った。

「このベビーカー、かわいいよ」レオは言い、店の床の上でピンクのベビーカーを前後に動かした。汚れ一つないゴムのハンドルの上で、レオの大きな手はちぐはぐに見えた。じきに、この同じ手が二人の赤ん坊を抱くのだ。小さく繊細な体を、この力強い手で包むのだ。息子か娘を愛情で守りながら揺するのだ。そう思うと、ヒーラは鳥肌が立つのを感じた。

「男の子だったらいまいち」ヒーラは言い、レオの肘を取って、ロンドンの有名百貨店のベビー用品売り場の反対側に陳列されたニュートラルな色のベビーカーの列へと誘導した。「どっちにも使える色で、赤ちゃんが大きくなって必要な機能が変わったらプッシュチェアに変形できるベビーカーがいいの」

「じゃあ、ピンクや青はだめだな」レオは言った。

「君が赤ん坊の性別を知ってるなら別だけど？」

「それは知らないし、ピンクや青は絶対だめ」ヒーラは同意し、目の前のベビーカーに注意を戻した。

少し離れたところに立つカップルの笑い声と優しい話し声に、ヒーラは注意を引かれた。二人が笑いながら鮮やかな色のベビー服が並ぶラックを見ている様子に、胸が締めつけられる。あれこそ、これから親になろうとする男女が、赤ん坊のための買い物をするときの理想の姿では？　喜びと幸せに満ちている。ヒーラとレオも、ヒーラがもう少し家に留《とど》まり、レオの悲しみの深さに目を向けていたら、同じような優しい時間を過ごせたかもしれない。ヒーラが頼んだときに、レオが話をしてくれていれば。

だが、二人ともそうはしなかった。ヒーラは自分の不満と困惑で頭がいっぱいになり、思い悩んで、レオを見捨てた。夫の拒絶が結婚に与えたダメージを本人に思い知らせることだけに気を取られていた。

目をそらすと、薄いグレーの布地が張られた黒いベビーカーが目についた。そのシンプルなかっこよさに惹《ひ》かれる。ニュートラルな色だが、地味でも退屈でもない。趣味が良く、派手でもなく、一部のベビーカーのような模様もついていない。近づいていき、おずおずとハンドルに手を置いて軽く押すと、それはタイル張りの床の上でなめらかに動き、ヒーラはこれこそ自分たちのベビーカーだと直感した。

「これ、すてき」ヒーラは言った。

レオが現れ、ヒーラの手の隣に手を置いた。ヒーラはハンドルから手を離したい衝動を抑え、二人の手の身体的な違いを観察した。ヒーラの手は白くて細く、レオの手は大きくて浅黒く、力強い。レオの肌から熱が放たれ、触れるよう無言で誘ってきた。この体から発せられる、心落ち着く熱を感じろと。

「どう思う？」ヒーラはたずね、手の位置をずらした。これ以上そこに置いていると、誘惑に負けて小指を伸ばし、レオの親指に触れてしまいそうだった。何らかの小さな形でレオとつながるために。

「確かに」レオは言った。「いいと思う。むしろ、完璧だ。君は買ってもいいと思ってる？」

ヒーラはうなずいた。赤ん坊がこれに乗っている様子をすでに想像していた。かわいいオールインワンを着て、小さな脚を宙に蹴り出している。切望の震えが体内を走り、腹に手を当てた。じきにこの子を抱くことができる。かわいい小さな顔を見ることも。二人ともわが子に会えるのだ。無垢《むく》な息子か娘は、どんな関係性の両親を持つのだろう？　別々に暮らす両親？　礼儀正しい他人のように接し、自分たちの危うい均衡を崩さないよう注意している？

　ヒーラは考え事を脇に置き、レオの質問に答えた。

「うん、気に入った」

「これはプッシュチェアにもなる？」レオはハンドルについた大きな説明用ラベルを見て確認した。少し経《た》つと、ほほ笑んでうなずいた。「大丈夫だ」

「よかった」ヒーラは安堵して言った。

「じゃあ、これは僕たちのためのベビーカーだ」レオは同意し、最後に一度、ハンドルを愛《いと》おしげになでた。「店員を呼びに行こうか」

　ヒーラはためらってから手を伸ばし、立ち去ろうとするレオを止めた。「あなたは気に入った？」

「それが重要なのか？」レオはたずね、問いかけるような目でヒーラを見た。

　ヒーラはその質問に驚いた。レオはそう思っているのか？　自分の意見は重要ではないと？　だから、助けが必要なときもヒーラには求めなかった？　自分の希望や欲求は意味がない、重視されないと思っている？　ヒーラはレオの望みには興味がないと？

　それは違う。ヒーラはレオがどう感じているか、何を考えているか、正確に知りたかった。ずっとそうだった。レオは思いを口にするのを我慢しているのだろうかと思うとつらかった。自分の考えや信念を相手と共有するほうが、楽だし自然ではないか？

「もちろん」ヒーラは答えた。「どのベビーカーにするかは、二人で決めることだもの」

　レオはそのベビーカーをもう一度ざっと見たあと、両手をズボンのポケットに突っ込んだ。少ししてたずねる。「ヒーラ、本当は何の話なんだ？」

「ベビーカーよ」ヒーラは言ったが、レオは頭を振ってヒーラを止めた。

「違う、僕に気に入ったかどうかをきくのは、本当はなぜなんだ？　単に二人で選ぶというだけのことじゃないだろう？　君が本当に気にしているのは何だ？　僕は君を怒らせるようなことを言ったか？」

レオの鋭い観察眼にいらだち、ヒーラは肩をすくめた。当然だ、レオなら単純な質問の裏にある深い情報を探るだろう。彼の頭脳は、どんなテーマもあらゆる角度とレベルから見る訓練を受けているのだ。

「ただ、私があなたの意見を気にかけていないと思ってほしくないだけよ。私たちの結婚を振り返ると、私は必ずしもあなたの物の見方を考えに入れていなかったと気づいたから、私がそれを尊重してないとか、価値を認めてないとか思ってほしくないの」

レオは話を聞くと、ヒーラの肩に腕を回し、そばに引き寄せた。頭を下げてささやく。「君が気にかけてくれてないなんて思ったことはない。一度も」

ヒーラは顔を上げたが、肌をくすぐるレオの息の熱さは無視した。肉体的なことで気を散らされたくなかった。レオの言葉があまりに重要なときに。いや、レオ自身があまりに重要なときに。「本当？」

レオはうなずいて繰り返した。「一度も」

「でも、私が出ていったときは……」ヒーラはそのせりふを最後まで言えず、顔をしかめた。レオが何らかの憤りを感じないはずがないのでは？

レオはヒーラの肩を強く抱いて続けた。「君が出ていったのは、君が僕を気にかけてくれていたからだ。そのことはずっとわかっていたよ」

ヒーラはほっとして言った。「よかった」

レオはヒーラを引き寄せてから、軽く押し戻した。「じゃあ、このベビーカーを買ってくる？」レオはたずね、ヒーラを甘やかすようにほほ笑みかけた。

レオの腕は今も、ヒーラの肩に無造作に置かれている。その感触は快く、打ち解けたものだった。

「ええ、そうしましょう。でも、ほかにもまだ買わなきゃいけないものがあるの」

「わかった」レオは言い、腕を下ろしてヒーラの手を取った。黙ってカウンターにヒーラを連れていくと、そこにはかっちりした服装の店員が立っていて、似たような服装をしているが座っている年下の女性と話をしていた。若いほうの女性は話がしづらそうで、もう一人の女性の質問に頭を振り続けていた。

年上の女性は深いため息をつき、レオとヒーラのほうを向いて、礼儀正しい笑みを顔に貼りつけた。

「いらっしゃいませ。いかがいたしましょう？」

「ベビーカーを買いたいんです。黒とグレーの、プッシュチェア――」ヒーラに袖を引っ張られ、レオは言葉を切った。下を向いてたずねる。「何？」

ヒーラは椅子に座っている店員のほうを顔で示した。「あの人、呼吸がうまくできていないみたい」

レオはその若い女性に注意を移したあと、同僚の女性に視線を向けた。「すみません、あの店員さんは大丈夫ですか？　体調が悪いように見えますが」

「今日入った新人なんですが、気分が悪いようで」店員は言い、心配そうに若い店員を見た。「スタッフルームに行って水を飲むよう言ったんですが、忙しくなったときのためにここにいたいそうです」

ヒーラはカウンターの裏側に回り、若い店員の脇で足を止めた。しゃがんで女性の青白い顔を観察し、二十代前半だと推測する。「呼吸がしづらいなら水を飲んでも無駄よ。こんにちは。どうしました？」

若い店員はヒーラに弱々しい笑顔を向けてあえいだ。「喘息《ぜんそく》の発作で……そのうち……収まります」

「吸入器はどこだ？」レオが近づいてきてたずねた。女性の反対側にしゃがみ、やはり専門家の視線を走らせ、発作の程度を示す手がかりを静かに探した。

女性は手に握っている青い吸入器を二人に見せた。

「何プッシュ分吸入した？」レオはリラックスした口調でたずねた。だがヒーラは、彼が頭の中で医師のリストにチェックを入れているのを知っていた。熟練の医師が新たな医療の状況に対処するときに使うリストだ。前もって準備された質問と診察のフォーマットに従って、診断と最善の治療を決定する。

「九プッシュ……」女性はあえいだ。「でもたぶん……効いてなくて」

「効果がないの？」ヒーラは問いかけ、レオのほうを向いた。女性の呼吸は悪化する一方だった。緩和剤の吸入に効果がないのなら、病院でさらなる医療の助けを得るのがいちばんだ。

ヒーラは女性の手を握り、静かに励ました。「夫は医師で、私は助産師よ。あなたの力になろうと思うけど、いい？　私はヒーラで、夫はレオ。あなたのお名前を教えてもらえる？」

「ケイトです」若い女性はぜいぜい言ったあと、吸入器から最後の一プッシュを吸った。

ヒーラはほほ笑んだ。「ケイト、私と夫であなたのバイタルを調べていい？　こういうときに医師にあれこれされることには慣れてるはずよね？」

ケイトはうなずいて同意し、それからしばらく、レオとヒーラはケイトの脈拍と意識レベル、爪、最後に今もとても苦しそうな呼吸を調べた。

「喘息はいつから？」確認を終えたレオはたずねた。

「一歳くらい……から……」ケイトが答えた。

「何がこの発作の引き金になったかわかる？」発作は時に環境的、感情的影響から起こることを念頭に、ヒーラはたずねた。もし今もその問題が存在するなら、この女性の呼吸が改善する妨げになりうる。

女性は同僚を見たあと、小声で言った。「香水です。香水がきつい……お客様が……さっき……」

「わかったから、ゆっくり深く息をして」ヒーラは優しく促した。ケイトが喋る苦しさは減らしたかったが、何が発作の引き金となり、今もそれがケイトのリスクになっているかどうかの情報は必要だった。

レオはうなずき、決断を下した。「よし、ケイト。救急車を呼んで、地元の病院に搬送してもらおう」

ケイトは顔をしかめ、反論を始めた。「だめです……初日だし……印象が……悪い……上司は……」

ヒーラはケイトの言葉を遮った。さらなる医療の助けを必要としている女性を窮地に取り残すつもりはなかった。「上司はあなたが病院に行って呼吸を整え、モニタリングしてもらうことの重要性を理解してくれるはずよ。特に、吸入器が役に立っていないときに助けを求めなければ健康にリスクが生じることは、あなたもわかっているでしょう」

同僚がうなずいた。「もちろん病院に行ってもらいます。店長には私から説明しておくから。わかってくれるはずよ。娘さんが喘息を持っているの」

「救急車を呼ぶよ」レオは言い、立ち上がって、上着のポケットから携帯電話を出して数歩離れた。

「ゆっくり、深く呼吸するんだ、ケイト。どうすればいいかはわかっているよね。このような重度の発作が起こったのは、初めてではないと思うんだ」

ケイトはうなずき、レオに助言されたとおり、せいいっぱい落ち着きを取り戻そうとした。

ヒーラはケイトを見守り続け、彼女の顔を探って、唇が青灰色がかっていないか調べたが、幸い、少し白くなっているだけだった。レオが電話中に、ヒーラはたずねた。「ケイト、連絡したい人は？」

ケイトは携帯電話を取り出し、すばやく番号を表示した。それをヒーラに渡し、しゃがれた声で言う。「母に。心配するから……私が帰らなかったら」

ヒーラはうなずき、電話をかけた。数回の呼び出し音のあと、女性の声が答えた。「もしもし？」

「ケイトのお母様ですか？」ヒーラは問いかけた。

「はい」ケイトの母親は答えた。「どちら様？」

「ヒーラ・ライトと申します。娘さんのケイトと職場のベビー用品売り場にいるのですが、あいにく娘さんに重度の喘息発作が出てしまいまして」

「まあ、何てこと」母親はあえいだ。「ケイトは無事なんですか？」

「夫が医師で私は助産師なのですが、吸入器では呼吸が整わないので、病院に行くのが最善だと考えています。救急車は呼んでありますが、娘さんがお母様に状況を伝えてほしいとのことでして」

「ありがとうございます。病院はどこでしょう？」

ヒーラが顔を上げると、二人の救急救命士が近づいてくるのが、大量のベビー用品の中で浮いて見えた。「救急車が到着したので確認します」

ヒーラは救急救命士に、患者の母親が知りたがっているからと搬送先の病院をたずねた。それを母親に伝え、電話を切って、携帯電話をケイトに返した。

「お母様は病院に来てくれるそうよ」ヒーラは言い、ケイトを落ち着かせるように肩をつかんだ。ケイトがようやく病院行きに同意してくれたことにほっとしていた。次の仕事はいつでも探せるが、命はそうはいかない。病院に着けば、すぐに医師がケイトの呼吸を補助し、モニタリングしてくれるだろう。

「救急車、早かったのね」救急救命士がケイトの世話をしている間に、ヒーラはレオにささやいた。

「角を曲がったところにいたようだ」レオは答えた。

「近くにいて良かった。ケイトにとって最悪なのは、救急車が来るのを延々と待たされることだから」

「ありが……とう」しばらくして、救急救命士に売り場から連れ出されながら、ケイトはあえいだ。

「どういたしまして」レオは言い、手を振った。救急救命士とケイトがエレベーターに乗ると、レオは言い添えた。「思いがけない出来事だったな」

「私とあなたの外出にはお決まりになってきたみたいね。この前はトムおばさん、今日はケイト」

「医者であることの呪いだな」レオはため息をつき、ヒーラに腕を回した。その動作は快活で気楽だった。以前の二人は互いに自由に触れていて、ヒーラは別居中それを恋しく思っていた。「用事が終わったら、甘くて温かい飲み物を買ってあげようか？」

　レオの申し出にお腹が鳴り、ヒーラはほほ笑んだ。食欲がレオの提案への返事を命じた。「最高」

「でも、まずは」レオは言い、ヒーラの背中の向きを変えた。「ベビーカーを買いに行かないと。次の緊急事態が起きる前に、さっさとすませよう」

　ヒーラは笑い、レオにさっきの店員が今も待っているカウンターへと促されると、素直に従った。


「それで、カウンセラーというのは？」

　レオが見知らぬ人に話をすることが、ヒーラにはぴんとこなかった。特に、そのことについてゆっくり考えた今では。昨夜レオからその話を聞いて以来、完全な部外者のもとを訪れ、心の奥深くに潜む不安や感情を毎週一時間吐露することを想像し、疑問が湧き起こっていた。医療界ではどんな種類の助けを求めることも奨励され、擁護されるが、実際にそれを、しかもレオがすることに衝撃を受けていた。

　レオは椅子にもたれ、深いため息をついた。言葉は一言も発しなくても、その音が千ものことを語っていた。屋上のカフェにいる二人の周囲では、ほかの客が飲んだり食べたり、友人や家族とお喋りや近況報告をしていた。だが、ヒーラはほかの客のことも、背後で響く会話の声もほとんど気にならなかった。小さなテーブルの向かい側に座り、眉間に軽くしわを寄せた男性に全神経が集中していた。

「ん？」ヒーラの質問に、レオは顔にうんざりしたような色をにじませてきき返した。

　ヒーラはココアの大きなマグに砂糖を入れてかき混ぜ、テーブルに身を寄せて、せわしない環境の中でも会話が人に聞かれないようにした。詳細を、具体的な内容を、自分の理解を助けることであれば何でも聞きたかった。だが、レオを動揺させたり怒らせたりしないためには、どう質問すればいい？

「なぜ行こうと思ったの？」ヒーラはレオと目を合わせてたずねた。「ほら、私たちは患者に、それが役立つと思えばその種のことを勧めるけど、医師ほど自分の助言に従わない人種はいないじゃない。なのに、なぜカウンセラーにかかる気になったの？」

レオは笑って肩をすくめた。「主に上司のドクター・ピーターズに、誰かの助けを借りなければ首にすると脅されたからだよ。僕は君を失ったから、仕事まで失いたくなかった。それに、一度行ってみると、ジョディとの状況をよく考え、違う見方をする助けになった。当時僕が下した決断のことで自分を責め続ける代わりに、ほかに何ができたか自問するよう言われたんだ。その結果、僕には何もできなかったとわかった。今、状況全体を考えると、僕一人ではその結論に達することはできなかったと思ってる」レオはコーヒーを飲んで続けた。「僕は何年間も、ジョディとあの子の生活への感情と怒りを脇に押しやろうとしてきて、その積み重ねでついに黙っていられなくなったんだ。ジョディの死は、すべてが破綻する頂点に達したということだと思う」

「それで、あなたは前より幸せになれた？」

「いや。今いる場所にたどり着く過程で君を失ったから。だから、前より幸せにはなっていないけど、心は穏やかになって、自分を責める必要はないと思えるようになった。僕がどれだけ頑張っても、ジョディが自分だけの戦いを戦う助けにはなれなかった。妹の中には損傷が激しすぎる部分があったんだ」

ヒーラはテーブル越しに手を伸ばし、レオの手を取って強く握った。彼がようやく真実を受け入れ、平穏を見出《みいだ》したことが嬉しかった。「あなたのせいじゃなかったのよ。妹さんのことは。本当に」

レオはほほ笑み、反対側の手をヒーラの手に重ねた。親指がヒーラの肌をさすると、その部分がうずいた。欲望の震えが手首を駆け抜け、腕を上った。

レオが身を乗り出し、ヒーラの手を握ると、その肌がヒーラの肌に熱く感じられた。「ココアを飲んで。午後の残りは映画を観《み》るのに使おう」

「映画館に行くの？」ヒーラはその提案に驚いてたずねた。買い物が終わった今、二人の行き先は分かれるものとどこかで思っていた。なのに、レオは一緒に過ごす午後を長引かせたいと思っているようだ。

「ああ、もちろん。良くない？」

良い、本当に。ヒーラはうなずいてほほ笑んだ。

「良いと思う」

レオは首を傾《かし》げ、ヒーラを見た。「僕たちの初めてのデートでも映画を観ただろう？　覚えてる？」

ヒーラは笑顔でマグを持ち上げた。縁越しにレオを見て答える。「もちろん覚えてる。あなたはホラー映画を選んで、地下室の箱の中から幽霊が飛び出したとき、ポップコーンを床中にぶちまけたの」

「僕は飛び上がったわけじゃない」レオは否定した。「腕がびくっと動いただけだよ」

ヒーラは鼻で笑い、当時と同じく今もその言い訳を信じなかった。「まったく同じタイミングで？」

レオは作り笑いをした。「筋痙攣《きんけいれん》のせいだ。いつ起こるかわからないんだ。何の問題もないと思っていたら、次の瞬間、どかん、筋痙攣に見舞われる」

ヒーラは笑い、マグをテーブルに置いた。〝どかん〟はまさに、初めて二人が出会ったときの感覚だ。ある女性の出産中に助けを申し出た見知らぬ医師に魅入られた次の瞬間、彼に全身全霊で恋をしていた。

問題は、ヒーラの一部は今も同じ感情を抱いていないとは言い切れないことだった。ずたずたになり、打ちのめされた心が、その感情から自分を守ろうと必死に警告しようとも。二度目のチャンスはすばらしく、成就しそうに見えても、それは一から傷つくリスクのある場所に心を戻すことを意味する。それができるほど自分が勇敢である自信がなかった。

9

「おはよう」レオは外から台所に入り、春の早朝の肌寒い空気を連れてきた。片手に茶色の紙袋を持ち、逆の手に車のキーをぶら下げている。「眠れた？」

ヒーラはうなずき、茶葉をすくってヴィンテージの磁器のティーポットに入れる作業を再開した。その動作は流れるようで、リラックスしていた。最初の数日間、二人の間で脈打っていた緊張感は、昨日街に出かけたあとは完全に消え、そばにいることが日常的な普通のことに感じられた。以前の日々に似ていたが、厳密には違った。でも、あと数日間滞りなく過ごすにはじゅうぶんだろうとヒーラは思った。

そのあとはどうなるの？　迷惑な心の声が問いかけた。今はその質問には答えられなかった。考えなければならないことがまだたくさんある。

スプーンの最後の一杯をティーポットの中に入れ、ヒーラは言った。「ええ。あなたは？」

「ぐっすりだ、赤ん坊みたいに」レオは冗談を言った。「ベビー用品の買い物が不眠症によく効く治療法なのは間違いない。今後のために覚えておくよ」

ヒーラは缶にふたをし、湯が沸いたやかんに手を伸ばした。レオが戸棚を開けて皿を取り出す様子を視界の隅で観察し、彼の不眠の兆候を探そうとした。最近レオが眠れていないのはなぜだろう？　結婚が不安定な状態だからか、ジョディの死のストレスが今もつきまとっているからなのか？　質問したかったが、長い間彼の話を聞くのを拒否してきたのだと思うと、話してくれる確信が持てず、思い止《とど》まった。

だが、ヒーラが出ていく前に自分たちを苦しめていたのは、まさにその問題ではないか？　ききづらい個人的な質問をするのを、ヒーラが避けていたこと。答えを求めなかったのは、返ってくる答えを半分恐れていたからだ。ヒーラが家に留《とど》まり、詮索を続けていたら、いずれレオの悲嘆と絶望の深さが沈黙を通り抜けて表に出ていたのだろうか？

「今日の予定は？」レオはたずね、紙袋をカウンターに置いた。身を乗り出し、ヒーラの頭上の木製の棚から二枚目の皿を取る。レオの体が近づくと、朝の空気のさわやかな匂いとアフターシェーブローションのぴりっとした香りがヒーラを包んだ。そのすがすがしさが、見えない渦の中へとヒーラを誘った。

ヒーラは今日の予定を考えた。レオがその質問をするのは、自分も一緒にしたいから？　昨日一緒に過ごした時間は楽しかった。映画は笑えて気楽な内容だった。レオはもっと一緒にいたいと思っているのか？　ヒーラがひそかにそう願っているだけ？

「ブランケットを編み終えたら、リストを見て、忘れているベビー用品はないか確認するつもりよ」

「いいね」

ヒーラはティーポットにふたをし、注ぎ口から湯がこぼれないよう注意して中が渦巻くように回したあと、レオをちらりと見た。ティーポットを下ろし、レオのほうを向く。「レオ、昨日のことだけど」

レオは紙袋からアーモンドと白い砂糖衣がまぶされた焼き菓子を取り出し、皿に置いた。「何？」

「カウンセラーとジョディのことを話してくれて、本当に感謝しているの。あなたがその話をするのは楽ではないのはわかってる――」

レオは手を伸ばしてヒーラの手をつかみ、考え込むようにその手を見下ろしたあと、口を開いた。「そのとおり、楽ではない。心を開いてすべてを外に出すのは難しいことだと思ってる。全部心の中にあっても、それを言葉にして声に出すのは大変だ」

「でも、役に立つ？　話すことは」ヒーラはきいた。

レオはうなずいた。「ああ。長年感情を抑え込んでいたあとでは。君が出ていく前に試してみればよかったと思ってる。そうすれば、僕たちの関係はこうはならなかったかもしれない。ずっと、君が子供時代のことを正直に話すのに感心してた。何も隠さず。真実より世間体が重要だと思っている両親に育てられたことが、僕に影響を残しているんだろう」

ヒーラはレオの手を握って励ました。「そのほうがあなたにとって幸せなら、これからも話して」

「僕が話すことが理解できなかったらどうする?」

レオは恥ずかしそうにたずねた。

「あなたの心の中にあることなら、理解できる」ヒーラはレオを励ました。「あなたがそれを外に出せるのなら、理解できるかどうかは問題じゃないし」

レオはうなずき、ヒーラの目を見た。「僕は妹を愛していたけど、人を守り助けることに長い年月を費やしすぎると、最初は相手が大切だから喜んでやっていたことでも、時間だけが経《た》って、効果が出ず状況も変わらなければ、愛は少しずつ死に、代わりに怒りと疲労が生じる。誰もジョディを救えなかったというのが、単純な現実だ。僕も、君も、誰も」

「そうね」ヒーラは言い、レオの目を曇らせている悲しみに胸がつぶれそうになった。これほど冷酷な真実を認めるのはつらいだろう。改善と変化のためにどれだけ戦おうとしても、それが決して勝てない戦いだとわかることもあるのだ。

レオはため息をつき、ヒーラの手を放して片方の肩を回した。「うまく説明できていない気がする」

「できてるって」たちまちレオとの接触を恋しく思いながら、ヒーラは慰めた。以前ならレオの手を引き戻していただろうが、今はためらいがあった。

「本当に?」

ヒーラはうなずいた。「前に、父が次の町や別の国に私を連れていくのがいやだったという話をしたでしょう。父にとっては冒険でも、私には地獄だった。過剰に新しい場所に行きたがる父が理解できなかった。父は新しい音、新しい人、新しい景色を愛していた。私のほうは、規則的に学期が変わって、心地よくて安全な同じベッドで毎晩眠ることに焦がれていた。ついに私は耐えられなくなって、アートの家に住まわせてほしいと頼み込んだの。私がもう父とは生活も旅もしたくないと告げたとき、父は傷ついたと思う。私とは話をしてくれなくなって、アフリカで心不全で死んだときにはもう手遅れだった。父は最後まで私の気持ちを理解してくれなかった」

「家族は時に厄介な存在になりうるね。いつも自分の欲求と希望を優先させたがるから」レオは言った。

「僕は両親とはほとんど話していない」

「トムおばさんも、あなたはご両親とうまくいっていないって言ってた」

「そうなのか？」レオはため息をついた。「両親はジョディの死を僕のせいにしている。ジョディを自分たちの想像上の完璧な娘に戻すための治療法を僕が見つけられなかったせいで、僕に失望したんだ」

「そんなのばかげてる。あなたは医者で、魔術師じゃないのに。依存症はそんなふうに治りはしない」

「そうだ。でも両親にとって、失敗は受け入れられないものなんだ。誰の失敗でも、どんな理由でも」

「もちろんあなたは説明したのよね――」

レオは鼻を鳴らした。「聞く耳を持たないんだ。自分たちの秩序立った生活様式に合わないものは、つねに退けるのと同じように。両親はジョディと僕のことで自分たちの手を汚してこなかった。おむつを替えたことも、子供の具合が悪いときに慰めたこともなかったと思う。お金を払えば誰かがやってくれるのに、なぜ親なんていう卑しい仕事をする？」

「それが何より重要な仕事じゃないの？」ヒーラは反論した。「必要とされればいつも子供の隣にいること。子供の痛みにキスをし、子供を愛すること」

「そのとおりだ。それに、ジョディが生きているうちに両親が病院に来なかったのは、間に合う飛行機に乗れなかったからじゃない」

「そうなの?」

「ああ、ジョディが昏睡《こんすい》状態で、自分たちがいようといまいと区別がつかないなら、行く意味がないと言ってた。本当は、自分たちが依存症患者の親だと病院のスタッフに知られることを恥じたからだ」

「ああ、レオ」ヒーラはため息をついた。「どうして話してくれなかったの?」

レオは目をそらした。「君をこんなことに引っ張り込みたくなかったから」

ヒーラはレオに腕を回し、彼の痛みの一部を吸い取りたいと切に願った。彼の中でその痛みがあまりに強く脈打っているのを感じ、慰めたくて仕方なかった。だが、こう言った。「ご両親は愚かよ。でも、あなたを助けてくれる人が見つかってよかった」

本心だった。ヒーラがレオを悲しみの穴から引き上げられずにいたところを、ほかの誰かがみごと引き上げてくれた。自分がパートナーとして妻として完全に無能であることが突きつけられたとしても、レオが必要な助けを得られたことには感謝していた。

レオはヒーラと目を合わせた。「僕は長年、ジョディが完全には沈んでしまわないようにしていたけど、それはつらく、疲弊させられた。仕事と生活を両立させながら、必要なときはいつでも妹の支えになろうとしていたんだ。妹を助けながら、自分がやらなければ誰もやらないことを知っていた。ジョディの人生にいる誰も自分のようにはあの子を愛していないと。でも、君の妊娠がわかったとき、これ以上は続けられないと思った。妹が君の前でわきまえたふるまいをするとも思えなかった。すでに君が僕の人生と心に占める位置を妬《ねた》んでいたから。それに、君と赤ん坊には僕の一部じゃなく、すべてが必要だ。そこで、僕はジョディに、薬をきっぱりやめる意志がないなら、あとは勝手にしてくれと言った」

「ジョディの反応は？」ヒーラは静かにたずねた。

「悪かった」レオはため息をついて言った。「僕は最後通牒《つうちょう》を突きつけたあと、自分を恥じた」

ヒーラは困惑した。「恥じた？　なぜ？」

「ジョディに拒否されたとき、圧倒的な安堵《あんど》を感じたからだ。巨大な重しが取り除かれた気がして、正直、とても気分が良かった。ジョディが生まれてから初めて、妹にも妹の問題にも欲求にも、僕が責任を持つ必要はなくなった。やっと僕たちと赤ん坊のことだけに集中できるようになった。自分がしなきゃいけないことじゃなく、自分がしたいことに」

レオは目を閉じ、おなじみの後悔とともにあの日を思い出した。ジョディは自分のやり方が否定されたときにいつも見せるのと同じ反応をした。妹は自分が兄の人生で最も重要ではないと思わされるのを嫌っていた。実のところ、ジョディは芝居がかっていて身勝手だった。自分のことしか考えていなかった。私のことが嫌いなんだとレオを非難した。私を裏切った。私が薬をやるのはレオのせい。レオがもっと優しくて思いやりのある兄さんだったら、もっとましな人生が送れた。もっと私を助け、愛してくれていたら、レオが持っているすべてを私も持てた。

だが、それはすべて嘘《うそ》で、希望的観測だった。ジョディは自分で過ちを犯し、それに向き合うことも、自分の非を認めることもしなかった。誰かに問いつめられたり、真実を突きつけられたりすると、涙を流して叫んだ。人からは違うふうに見えることを理解せず、癇癪《かんしゃく》を起こし、ふてくされた。自分勝手で嫉妬深く、悪いのはいつも自分以外の誰かだった。

やがて、ジョディは恨みと怒りをヒーラのお腹の子に向けるようになった。あの日、ジョディが放った憎しみの言葉は、レオが決して忘れることも許すこともない不快極まりない記憶となった。レオは最低な兄で父親になればもっとひどくなると言うだけならまだしも、レオの子供の不幸を願うのはまともな人間の行いではなかった。ジョディの発言が怒り任せのものだったとしても、それは言い訳にはならないし、そのせいでレオの中に疑念が生じたとあってはなおさらだった。妹も救えない自分が愛情深いまともな父親になれるのかという、深く暗い懸念が。

「でも、そのあとジョディは過剰摂取したのね」ヒーラは静かに振り返った。レオの回想は中断された。

「ああ」二カ月も経たないうちに、レオは病院の同僚から連絡を受け、ジョディが昏睡状態だと告げられた。自分が妹を見捨て、自分の人生を生きようとしたせいで、妹を墓場へと突進させたのだ。少なくとも、しばらくの間はそう思っていた。ジョディの死後何週間も、疑いと妹の最後の怒りの言葉が耳の中で大きく、強く響いている間は。

「私がそれを知っていたらよかったのに」ヒーラは言い、レオの腕をつかんだ。

レオは顔をしかめてたずねた。「なぜだ？」

「だって、時々あなたたちの関係から締め出されているように感じていたから」ヒーラは打ち明けた。「私は義理のきょうだいは仲良くなれるものだと思っていたけど、ジョディとは無理だったから、あなたたちの絆《きずな》からのけ者にされている気がしたの。二人の中に入りたいと思っていたけど、どんなに力になりたくても入り込む方法が見つからなかった」

レオは頭を振った。「君にそんな思いをさせるつもりはなかった。ただ、最悪の状態にあるジョディの混沌《こんとん》に君を巻き込みたくなかったんだ。君と僕が余計な騒動から離れていられるようにしたかった。僕たちは、僕たちの結婚は、光と喜びに満ちた聖域だった。それを台なしにしたくなかったんだよ」

「あなたが話してくれていたら」ヒーラは非難の色を隠しきれない声で言った。「私は理解したのに」

レオは肩をすくめてうなずいた。「今ならそれがわかる。僕はたくさんの過ちを犯したけど、君に話さなかったことを何よりも後悔している。恐怖に支配されていたんだと思う。自分が妹を死に追いやったと半ば思い込んでいて、僕のしたことを君に知られたら、君も君の敬意も失う気がした。僕が話さなかったせいで君を失ったことを思えば、皮肉だよ」

ヒーラは手を下ろした。「あなたが私から離れていったとき、どうすればいいのかわからなかった」

「本当にごめん。自分が何をしているかはわかっていたけど、やめられなかったし、怖かっ――」

とつぜんボートが激しく揺れた。そして、止める間もなく、ヒーラが船の台所の反対側にある戸棚へと飛んでいくのを、レオはぞっとした目で見ていた。

「ヒーラ！」

「何……」腹に強い痛みが走り、ヒーラはあえいだ。カウンターをつかんで体を支え、腹を抱く。お腹の子を守ろうとする本能は、自分への心配より強かった。顔をしかめて体を起こし、息を整えようとする。

レオが手を伸ばし、ヒーラを自分の腕の中へと引き寄せた。外部からのさらなる攻撃を恐れ、ヒーラを守ろうとするかのように、温かな胸にヒーラをしっかり抱く。自分を保護し、安全を守ろうとするレオのとっさの反応に、ヒーラは喜びと安堵を覚えた。

「大丈夫？　けがは？」レオは問いかけ、腹のふくらみに両手を伸ばした。

「大丈夫だと思う」ヒーラは言ったが、レオの腕の中から出るのは気が進まなかった。全身を這《は》い回る震えがやむまで、彼の腕の中で守られていたかった。

だが、二人の関係はすでにひどく乱れていて複雑で、完全な混乱と呼べるほどだったので、それをさらにややこしくする恐れのある行為に耽《ふけ》るのは愚かで、お互いにとって大きな間違いだという気がした。

「腰とお腹を戸棚で打ったの。そのときは痛かったけど、今は痛みが退《ひ》いていってる」ヒーラは言った。

ただちにレオは問題の部分に触れた。今もずきずきし、触ると痛い箇所の上で手を動かす。彼の診察は優しく、心落ち着くものだった。「赤ん坊は？　赤ん坊は無事か？　君がこの空間を飛んで戸棚にぶつかった様子から、てっきり……」レオの言葉はとぎれたが、彼の言わんとすることはわかった。ヒーラがボートの側面に思いがけずぶつかったことにショックを受けたのは、ヒーラだけではなかったのだ。

ヒーラはレオの腕に手を置き、ほほ笑みかけた。彼の目を曇らせている不安と苦悩に胸が締めつけられる。普段は茶色の目が黒に近づいていた。ヒーラは急いでレオを励ました。「大丈夫。私も赤ちゃんも無事よ。少しくらくらして、ぼうっとするだけ」

「本当に？」レオはヒーラの腹を愛撫《あいぶ》した。そうすれば、ヒーラも赤ん坊も落ち着くかのように。世界中の予測不能な危険から二人を守れるかのように。

ヒーラはうなずき、この時間を日常の雰囲気に戻そうとした。思考を別の方向に向けなければ、別居中の夫の唇にキスをするような愚行を働く恐れがある。「別のナロウボートが衝突したんだと思う？」

ナロウボートが停泊中のナロウボートにぶつかることは、行楽客が初めてボートを借り、訓練やスキルが足りないまま川に出る祝日や夏にはよくあることだった。そうした事故の犠牲になるのはたいてい皿やカップだが、今回誰かの意図せぬ軽率な過ちの割を完全に食ったのは、ヒーラの妊娠した体だった。

レオは顔をしかめ、唇を引き結んだ。「様子を見てくる。一分もかからない。君は座っていて」

ヒーラが止める間もなく、レオは外に出ていった。

ヒーラは体を両腕で抱き、今も続く震えを止めようとした。少しして、レオの低い声が外にいる誰かと話しているのが聞こえた。いや、叱っているようだ。医師の威厳ある声音は時に、動揺し混乱している患者を相手にする以外の状況でも役立つことがあった。

ヒーラは震えながら紅茶をいれ、ソファに座った。温かいマグを両手で持ち、ゆっくりと深呼吸する。レオには大丈夫だと言ったが、衝突にはショックを受け、腰は戸棚に強くぶつかったせいで今もずきずきしていた。だが、今朝起きたときから続く腰の痛みのほうが心配だった。この数日間の妊娠由来の痛みとは感じが違っていた。そのことは考えないよう努力はしていたが、その部分が絶えずずきずき痛むせいで難しかった。トムおばさんの言葉が頭に浮かんだが、ヒーラはそれを払いのけた。この赤ん坊は早産にはならない。あの老女は医療の専門家でも助産師でもない。このテーマについて何年も勉強したわけではない。ただの感じのいいおばあさんで、一九九〇年代初頭の緊縮財政の時期に議会が閉鎖を決めるまで、地元の図書館で働いていたというだけだ。

ヒーラがミルクティーを一口飲み、顔を上げると、出ていったときより険しい表情でレオが戻ってきた。背後でドアを勢いよく閉めたことから、外での会話のあと機嫌が直っていないのが察せられた。

「私たちのボートは無事？」ヒーラはたずねた。もしナロウボートが重大な損傷を負っていて、今週の残りはほかの場所に移らなければならないのなら、何と不運なのか。行き先のことは考えたくもない。

「ああ、幸運にも」レオはヒーラの隣に座った。「ただ、今朝の騒動はこれだけじゃなくて、トラックが横転して運河の小道の入り口をふさいでいるらしい。積み荷のオレンジがぶちまけられたせいで、ボート住民はしばらくここから出られなくなった」

ヒーラは笑い、体の痛みから気をそらせるのをありがたく思った。「それは大変。今日は運の悪い日ね？　二人とも仕事が休みなのと、あなたがトラック事故の前にケーキ屋に行けたのはよかったけど」

レオはうなずき、ヒーラの顔を探った。「本当に大丈夫？　痛みやずきずきはない？　切り傷は？」

ヒーラはほほ笑み、レオの手をぽんとたたいた。「大丈夫。せいぜい、予想外に台所の中を飛んだことを見せびらかせる痣《あざ》が二つほどできるだけよ」

レオはヒーラを皮肉っぽい目で見た。「君は大丈夫かもしれないけど、僕は大丈夫じゃない。君が戸棚にぶつかったときのことが何度も頭に蘇《よみがえ》るんだ。お腹の子は何があったんだと思っているだろうな。気分良く寝ていたはずなのに、次の瞬間、ばん！」

ヒーラは笑った。レオの目の心配の色があまりに愛《いと》おしくて言い返せなかった。これが自分たちが前に進む道なのだろう。結婚にまとわりつく怒りと失望から、親しく心地よい友情へ。子供のために、プラトニックな関係だけでも築かなくてはならない。

ヒーラはお腹のてっぺんをなでた。「幸い、この子はここでしっかり守られてる」

「本当に良かった。運河の入り口が一キロ近くはふさがれていて、ほかに出口がない状況で、医療的な緊急事態が起きることだけは避けたいからね」

ヒーラは腰の不快感を無視し、同意の言葉を発した。これは妊娠に伴う痛みにすぎない。ただの通常の妊娠後期の痛みだ。出産とはまったくの無関係だ。

腰の鈍痛は午後遅くになっても改善せず、入浴しても、普段なら快適なベッドで仰向けになっても無駄だった。もう何度目になるかわからないが、しつこい苦痛を少しでも鎮められればというかすかな希望のもと、寝返りを打って横を向き、枕を抱いた。

たかが妊娠に伴う不快感だし、パニックを起こして突飛なことを考え始める理由は絶対にない。第一子はつねに遅く生まれるものだ。満足しすぎている赤ん坊に十月十日住んでいた快適な家を出て外の世界に参加してもらうために、陣痛を誘発することもあるくらいだ。そう、可能性はそっちのほうが高いのだ。赤ん坊はまだ出てこない。この不快感は妊娠後期の輝かしい喜びにすぎない。自分の妊娠が大半の第一子と違っている兆候はない。リラックスして、最悪の事態について考えるのはやめよう。トムおばさんが早産の可能性に触れていなければ、何も疑いは抱かなかった。すべてあの老女が根拠のない、くだらない迷信を口にしたせいなのだ。赤ん坊の性別を予想するために糸から指輪をぶら下げるという、芝居がかった行動をしなかっただけましだ。

レオが部屋に入ってきて足を止めた。視線がヒーラの上をゆっくり動く。レオは腕組みをして言った。

「目つきが険しい。何か困ったことがあるのか?」

ええ、何もかも。ヒーラは痛みのせいで機嫌が悪くなっていたが、自分が不機嫌になるのは大嫌いだった。そのせいでいっそういらだっていた。「腰よ。すごく痛くて、どんな寝方をしても収まらないの」

レオは声を殺して何かつぶやき、近づいてきた。ベッドに腰掛けてたずねる。「腰をさすろうか?」

その申し出はありがたく、触れると痛い筋肉をレオの指が魔法のようにマッサージするところを想像し、ヒーラはうなずいた。「もし良ければ」

あまり熱心には見えないようにしたが、レオの力強い指に痛みを和らげてほしくてたまらなかった。この痛みが消えるか、少なくとも弱まってほしくて、レオに痛みを抑えてもらうことの善悪を気にする余裕はなかった。少しでも痛みを和らげたかった。

レオはほほ笑んで促した。「あっちを向いて」

ヒーラはレオの指示に従い、彼の手が腰全体をさすったあと、ずきずきする背骨に向かうと、うなり声をもらした。手がレギンスのウエストから中に入り、素肌を愛撫すると、息を吸った。「ここ?」

レオの親指が肌に食い込んで円を描くと、ヒーラはうなり、喉を鳴らした。「そうそう。そこよ」

レオは笑い、その部分を数分間マッサージして、こわばった筋肉をほぐした。「どう?」

「すっごく気持ちいい」ヒーラはうめき、柔らかい枕に顔をすり寄せて、口からもれた快感の声を押し殺した。絶え間ない痛みが三、四時間続いたあとでは、つかのまの安らぎは天国のように心地よかった。

「最高。国民保険サービスは妊婦のためにあなたを雇うべきよ。何年も先まで予約が埋まるはず」

「じゃあ、君が紹介状を書いてくれる?」

ヒーラはその案についてさらに考えた。妊娠中のホルモンが女性の性衝動を高めることが多いのは周知の事実なのに、レオの手がほかの女性の体のあちこちを触るのだ。夫のすばらしい腰のマッサージを好色な女性たちが楽しむところを想像すると、急にぞっとした。レオの手はどこにも行ってはいけない。ヒーラから離れず、ヒーラだけに使われるのだ。

「実際にはひどい案ね」ヒーラは結論づけ、数秒経ってから、それを声に出していたことに気づいた。

レオは身を乗り出した。彼が喋《しゃべ》ると息が熱く感じられ、かすかにコーヒーが香った。「そう?」

「そう」ヒーラは答え、窒息しない程度にさらに顔を枕に埋《うず》めた。気まずさに赤くなった頬を見られたくない。こんな正直な思いは心に秘めておくべきだ。

「どうして?」レオはからかうように言い、その口調からヒーラの気が急に変わった理由を察しているのがうかがえた。レオの指は圧迫を強め、ヒーラの口からさらなる快感のうめき声を引き出した。

「今の、最高」ヒーラはうなった。レオがほかの女性に触れると思うと独占欲が湧いたことは白状したくなかった。そんなことをすれば、レオのうぬぼれがふくれ上がるだけだ。「それは……」ヒーラは曖味な返事をし、もっともらしい理由を探した。なぜなら、嫉妬していない妻のように聞こえない理由を。嫉妬はしていないからだ。レオの手には医師としての重要な任務があるのに、ほかの妊婦に触らせたくはないだけだ。嫉妬はレオに気持ちが残っていることを意味するが、その気持ちが何なのかはわからないし、その答えが気に入らないものだったら困るため、深く追求したくはないからだ。「ああっ！」

腰とは関係ない、新たな痛みが腹を走ったため、ヒーラはあえぎ、思考は散り散りになった。今のは陣痛？　ヒーラは綿の枕カバーを見つめ、またもレオの角度からは自分の顔が見えないことに感謝した。

「どうした？」レオはたずね、手を止めて答えを待った。片手は腰をつかんでいる。「痛かった？」

「ううん」ヒーラは否定し、普段どおりの安定した声を保とうとした。体に何が起きているのか、さっきの痛みは何だったのかがわかるまでは黙っておいたほうがいい。まだレオを心配させる理由はない。

「痛みにあえいでいたようだけど。大丈夫か？」

「もちろん」ヒーラは嘘をついた。これはきっと、ブラクストン・ヒックス収縮、すなわち体が出産の準備ができたときにあらゆる女性が経験する前駆陣痛にすぎない。産気づいてはいないのだ。絶対に。

「眠ったほうがいい」レオは提案し、ヒーラのレギンスのウエスト部分を引き上げ、自分がマッサージしていた部分を覆った。その指が、二人のつながりを断ち切るのをためらうかのように動きを止めた。

「道はまだオレンジで封鎖されてるの？」ヒーラは声に必死さではなく好奇心をにじませるようにした。

レオはヒーラの腰をぽんとたたいた。「ああ、この事故の前に街の反対側で大事故が起きて、そっちが優先されているらしい。レッカー車が来てここの入り口を空けてくれるまで何時間かかかりそうだ」

ヒーラは唾をのみ、喉元にこみ上げる恐ろしい感覚を押し戻した。これはブラクストン・ヒックスだ。それ以外の何物でもない。体が出産の準備をしているだけ。これからの数週間に時々起こることだ。この赤ちゃんが今日出てくる可能性はないのだ。

ああ、どうしよう。ヒーラがどんなに頑張っても否定のしようがなかった。腹と腰を走る痛みは明らかに前駆陣痛とは違っていた。ヒーラは助産師としてこれらのことを知っていた。ほかの女性の出産を手伝ってきたため、兆候を見ればそれとわかる。たとえヒーラの大部分はそれを認めようとしなくても。

ベッドの端に移動し、足を床につけて、ドアまで歩く。寝室を出るとラウンジに向かい、ドア口で足を止め、ソファで本を読んでいてまだ自分に気づいていないレオにこの知らせをどう伝えるかを考えた。

頭の中で、いくつかの異なる選択肢を検討する。

〝レオ、私、産気づいたの〟

〝レオ、赤ちゃんが生まれそう〟

〝ちょっと聞いて、レオ。あと数時間後には、私たち誇り高き親になるのよ〟

〝ねえ、レオ、休日を産科で過ごすのはどう？　道が封鎖されて私たちがここに閉じ込められていることを考えれば、そこにたどり着けたらの話だけど〟

ヒーラは目を閉じて頭を振った。

〝ヒーラ、ぐずぐずるのはやめて彼に言いなさい。あなたがこの状況を作ったわけじゃないのよ〟そう、これは自然及びお腹の子が引き起こしたことだ。ヒーラは咳払《せきばら》いをして夫の注意を引いた。「レオ？」

「やあ、もう起きたんだね」レオは言い、読んでいた医学雑誌を片側に放り、立ち上がった。

「よく眠れなかったの」ヒーラは直接知らせを伝えないほうがいいと判断し、そう言った。

レオは腕組みをしてヒーラを見た。目に心配の色がちらつく。「まだ腰が痛いのか？」

「ええ、でも……普通の腰の痛みとは違うの」

〝いい感じよ、ヒーラ。わかりやすいヒントをいくつか挙げれば、告白しやすくなるはず〟

「そうなのか？　君の考えでは、それは何だ？」レオは片眉を上げてたずねた。

「もしかすると……」レオが察してくれることを期待して言葉を切ったが、ヒーラの痛みが時々ある痛みより深刻な何かであることへの疑念の色が彼の表情にないのを見て、すべての希望が消えた。

「何？」レオは促した。

「ああ、もう」新たな陣痛が下半身を鋭く走り、ヒーラはあえいで目を見開いた。腕時計を見ると、陣痛の間隔が短くなっているのがわかってぞっとした。

レオはヒーラの腕をつかんだ。「どうした？」

「実は、陣痛が始まったかもしれないの」ヒーラはその告白の衝撃を和らげようと試みたが、レオが鋭く息を吸い、驚いて目を丸くしたのを見て、失敗したのがわかった。「少し前から続いていて」

「何だと？」レオは鋭く言った。「いつから？　ボートをぶつけられたより前から？」

「いいえ、あれから少し経って」

「なぜ教えてくれなかった？」レオは問いただした。

「確信がなくて――」ヒーラは言いかけた。

「でも、君は助産師だ」レオは断言し、ヒーラの腰に両手を置いた。困惑して顔をしかめ、たずねる。「わからないはずがないだろう？　専門家だ」

「でも、自分が出産したことはないの」ヒーラは反論した。「確かに、教科書はたくさん読んできたし、実際に出産を助けてきたけど、その身体的なプロセスを自分で体験したことは一度もない。本や何かを読んで学ぶことと、実践することは違う。出産する女性を助けることから得られるのは、たくさんの知識だけ。あなたは医者として切断手術中に何が起こるかを知っているけど、だからといってそれを受けるのがどんな感じか正確には知らないのと同じよ」

「そうだな」レオは同意したあと、たずねた。「その痛みは単なる前駆陣痛だとは考えられない？」

ヒーラはレオの希望的観測に笑いそうになった。この数時間の自分と同じだ。だが、もう真実は無視も否定もできない。両親にとっていくら早くても、不都合でも、赤ん坊は生まれようとしているのだ。

「いいえ、これは本物のほう――」ヒーラは言葉を切り、恐怖に口を開き、目を丸くした。

「どうした？」レオは問いただした。

ヒーラは頬を赤くし、頭を振った。「別に」

「ヒーラ」レオは口調を和らげて言った。

ヒーラはため息をつき、ゆっくり下を見て、今や足元を濡《ぬ》らし、カーペットに染み込んでいく羊水の水溜《みず》まり《た》を見た。「今、破水したみたい」

レオは勢いよく下を向き、ごくりと唾をのんで同意した。「何てことだ。本当に生まれそうだ」

10

現実が脳に浸透してくるにつれ、ヒーラの胃はずっしり重くなった。二人はナロウボートに閉じ込められ、ヒーラは産気づき、今はレオの体に包まれて身を隠すことしか考えられなかった。レオの胸に寄り添い、すべてが終わるまで目を閉じていたかった。

だが、そのどれもできなかった。赤ん坊は遊んでいるわけではないし、ヒーラとレオは……何なのだろう？　ああ、夫婦関係を機能させ、まっすぐ進ませることはなぜこんなに難しいのか？　これから数時間は過去を忘れ、出産をやり遂げることに集中するのが最善だろう。二人一緒に。カップルではないカップルとして。単なる仲の良い友人同士が助け合うのだ。なぜなら、これだけの訓練を受けて知識を持っていても、ヒーラは産気づいたほかのどの女性とも同じ感覚になっているからだ。これから起こることに、ほんの少しの楽しみと大きな不安があった。

「レッカー車は今も別の事故の現場にいる。こっちに来ても、トラックを安全な向きにしてから撤去するから時間がかかるだろう」レオはヒーラの足元の水溜《みずた》まりにタオルをかぶせながら言った。「でも、産科に行く状況になるまで時間はたっぷりあるよ」

「じゃあ、待ちましょう」ヒーラは実際に感じている以上の確信を込めて言った。このお産は何時間もかかるはずなのだ。第一子の出産が短時間で終わることは稀《まれ》だ。きっと大丈夫。入り口の封鎖は、いずれ快適な病院のベッドの上で笑い飛ばす些細《ささい》な出来事になる。パニックを起こす理由はない。少しも。

「よし、何か必要なものは？」レオはたずねた。

ヒーラは頭を振り、落ち着くために息を吸った。

穏やかに、冷静にふるまおうと決意する。自分はヒステリックな妊婦ではない。まったく違う。母なる自然の手本にもなれるほどだ。鼓動が速くなった心臓も、胃の中でロックンロールを奏でる神経も無視し、ヒーラはほほ笑んだ。「大丈夫。ありがとう」

レオはソファに近づき、クッションをでたらめな方向に放り始めた。一つは彼の肩の後ろに飛んでいき、ヒーラの足元に落ちた。「座ったほうがいい」

ヒーラはしゃがんで床からクッションを拾いながら、レオのことを笑わないよう下唇を噛《か》んだ。だが、冷静に考えるとこの状況は笑えた。別居中の夫婦がナロウボートに閉じ込められ、予想外に始まった妻のお産に向き合っているのだ。

次のクッションがソファから床に落ちた。レオは何をしているのか？　彼のことをよく知らなければ、酔っ払いだと思っただろう。だが、レオは……。

〝ああっ、痛い〟

次の陣痛が起こり、ヒーラは顔をしかめ、抱いたクッションを体に強く押しつけた。

あえぎながら、痛みの中で呼吸に集中する。出産中の妊婦にかけてきたあらゆる言葉を思い出そうとした。心が鎮まり、落ち着くような言葉を。だが、どんなに頭を絞っても、過去に何百回も助言してきた言葉は思い出せず、痛みを感じるばかりだった。

また新たな位置にでたらめにクッションをたたきつけているレオを見てから、腕時計を確かめる。まずい、陣痛の間隔がさらに短くなっている。この子は本気だ。世界に挨拶することに熱意を燃やしていて、レッカーチームが現れるのを待つつもりはないようだ。病院にたどり着けない可能性を考え、この家で出産する準備をしたほうがいいのかもしれない。

「腰をさすってくれる？」ヒーラはレオの気をそらそうとして言った。そうしなければ、レオは次に家具の配置換えを始めるかもしれない。巣作りの衝動を見せるのは、父親ではなく母親ではなかったか？

レオは体を起こし、ヒーラのそばに駆け寄ってきた。「ああ、もちろん。どこが痛む？」

次の陣痛がヒーラを襲った。間違いなく近づいてきている。ヒーラはうなり、痛みの中でせいいっぱい呼吸をした。第一子が出てくるのは予定どおりか遅いくらいで、早まることはないはずだ。出てくることを決めたあとも、こんなにペースは速くない。どうして何一つ教科書どおりに進んでくれない？

これは子供の性格の表れなのか？　人生のルールをつねに無視し、自分のやり方を通そうとする？

「君はよくやっている」レオは励まし、ヒーラの腰をさすって、陣痛の中で息を吐くヒーラの手を握った。「そうだ、深く息を吸って――」

ヒーラは苦しんでいた。しかも、鎮痛薬もなく、そばで力を貸してくれるなじみの同僚もいないまま、ここで出産することになりそうだった。助産師さえいない。ヒーラとレオだけだ。確かに二人とも有能で、訓練も受けているが、これは自分たちの赤ん坊であり、その一点だけでほかのケースとは違うのだ。

陣痛が退《ひ》くと、ヒーラは長いため息をつき、顔にかかる髪を払いのけてレオを見た。「ねえ、レオ」

レオはヒーラの腰をさすり続けながら、身を乗り出してきた。「何だい、ヒーラ?」

「毛布を何枚か床に広げたほうがいいと思うの」

レオは顔をしかめて繰り返した。「毛布?」

「そう」

レオはますます顔をしかめた。「寒いのか?」

ヒーラはレオの質問の無邪気さに笑いそうになった。「いいえ、私たちの子供はレッカー車が来るまで待つつもりはなさそうなの。陣痛の間隔はどんどん短くなってる。赤ちゃんはもうすぐ生まれるし、この子を誕生させるのは私たちにかかっているの」

レオの顔から健康的な色がいっきに消え失《う》せた。

「何だって? まだ破水したばかりじゃないか」

ヒーラは励ますようにレオにほほ笑みかけた。「そうよ、でもこういうケースもあるの。出産は時々、予想外の事態によって勢いづくものなのよ」

「でも――」

ヒーラはレオの手を強く握った。「レオ、私たちはプロよ。やり遂げられる。ほかに選択肢はない」

「それは――」レオは言いかけた。

「それに、出産は美しくて自然な経験よ」ヒーラは妊婦たちにいつもかけている言葉を繰り返した。自分の出産がこれほど自然なものになるとは思っていなかったが、人生は時にサプライズをくれるものだし、人はそれに立ち向かう以外に選択肢はないのだ。

「でも、これは僕たちの赤ん坊だ」レオは言い、ヒーラの手を握る手がこわばった。

ヒーラにはレオの言いたいことがよくわかった。他人が出産するのを助けることと、医療的な支援がいっさいない状態でこの手順をやり通すのが自分たちであることは、まったく違う。「わかってる」

レオは唾をのみ、たずねた。「君は怖いか?」

ヒーラはまたもレオの腕の中に飛び込んで消えてしまいたいと願いながら、彼を見た。レオの体の中に身を沈め、消えてなくなりたい。「まさか」ヒーラは嘘《うそ》をついた。実際には、少々身がすくんでいた。

レオは毛布などヒーラに頼まれた品々を集めた。頭の中は遊園地の起伏の激しい乗り物のように回っていたが、状況ではなく作業に集中しようとした。

ヒーラが産気づいた。何時間も前から陣痛があったようなのに、何も言わなかった。一言も。なぜ自分は手がかりを見落としたのだろう? ヒーラは昨日あたりから腰が痛いとこぼしていたのでは? そして今、二人はナロウボートに閉じ込められ、出口まで一キロ近くもオレンジの中をかき分けて歩くか、トラックとつぶれたオレンジが道路から撤去されるのを待つ以外に抜け出す術《すべ》がないのだ。

レオはベッドに倒れ込み、両手で頭を抱えた。吐き気がこみ上げる。こんなことが、しかもここで起こるなんて。女性が出産するとき、特に初めての場合は、上品で清潔な病院で、問題発生時のために専門家が機器を用意した状態で臨むのがいちばんだ。

〝問題が起きたとき? どこからそんな発想が?〟

レオは立ち上がり、狭い寝室をうろつき始めた。ああ、問題が起きたらどうする? ありえることだ。赤ん坊が仮死状態になる可能性もあるし、難産かもしれない。逆子だったらどうする? ヒーラが出血したら? ヒーラを救うのはレオ一人にかかっている。何の支援も機器もなくて、どうやってヒーラを守れる? 道路がふさがれていては、緊急事態にヒーラと赤ん坊を安全な病院に連れていく術がない。

レオはうなり、また両手に顔を埋《うず》めた。こんなはずではなかった。何カ月も楽しみにしてきた日なのだ。自分たち家族が二人から三人になる瞬間。それが自宅で、ヒーラのお産に付き添い、助けることができるのが自分しかいない状況で起こるとは思ってもいなかった。しかも、そのときに二人の関係がまだ行きづまっていることも想像していなかった。

レオは口の中にまとわりつく苦く酸っぱい味をのみ込み、感情的な思考をすべて脇に押しやった。自分はうろたえない。頭のてっぺんから爪の先まで医者なのだから。優秀な医者と呼んでくれる人もいる。ストレスの強い状況に立ち向かい、やり遂げてきた。救急外来のシフトに入れば、何が起こるかは毎回予想がつかない。今日はヒーラが自分を必要としている。妻が緊急事態なのだ。ほかの患者と同じようにヒーラを扱えばいい。二人とも医療の専門家で、たくさん経験を積んでいるのだから、何が起ころうと対処する方法はあるはずだ。ほかに選択肢はない。

子供はもうすぐ出てこようとしていて、ここからは自然がすべてを命じる。自分はとにかくこの場を離れず、物事が円滑に進むようにするしかないのだ。

レオは最後に一度顔をこすり、必要なものを手早く集めたが、そのあと気が変わって、それらの品々をベッド脇の小さな椅子に置いた。快適なベッドがあるのに、妻にラウンジの床の上で出産させる理由はない。自分たちが子供を授かった、まさにそのベッドだ。何となく、それは完璧な場所に思えた。

病院以外の場所で出産する女性は世界中にいて、問題なくやれている。医師の助けや介入がない場合も多い。ヒーラと子供もうまくいくことをレオは祈った。二人で力を合わせれば何とかなるはずだ。

ヒーラがソファに座って深呼吸しているラウンジに急いで戻って言う。「寝室に移動しないか?」

ヒーラはその提案をしばらく検討し、うなずいた。

「良い考えね。そのほうがリラックスできる。床に寝そべるよりよさそう。でも、マットレスをだめにしないために、ベッドを防水のもので覆わないと」

レオはうなずいて寝室へと急ぎ、次の数分間をベッドをむき出しにすることに費やしたあと、ラウンジを突っ切って外に出るドアに向かった。

「どこへ行くの？」ヒーラは声をかけた。

「収納ボックスに未開封の防水シートがある。それをベッドに広げてからシーツを掛けよう。少しがさがさするだろうけど、マットレスを汚さずにすむ」

ヒーラはうなずき、数分後、レオは防水シートを手に戻ってきた。たちまちベッドは再び整えられた。

レオはヒーラのそばに戻り、妻が立ち上がるのにそっと手を貸した。「気分はどうだい？」

「大丈夫よ」ヒーラは答えた。「あなたは？」

「最高」レオは嘘をついた。レッカー車の最新情報を入手しに外に出ても支障はないだろうかと考える。

「手短にシャワーを浴びようと思うの」ヒーラは言い、レオの駆けめぐる思考は中断された。

シャワー？　ヒーラはシャワーを浴びたいのか？　その間に赤ん坊が飛び出してきたらどうする？　確かにレオは医師だが、出産は専門ではない。出産中ヒーラを助けることはできても、これはヒーラの専門分野だ。レオとしては、ヒーラはベッドに上がってそこから動かず、予想外の出来事のリスクを軽減してくれるほうがよかった。二人で出産に挑むのなら、少なくとも最も単純な方法をとれないか？

「それが良い考えだと思う？」レオはたずねた。「ベッドに直行して、そこでじっとできないか？」

ヒーラはかすかにほほ笑み、頭を振った。「レオ、私が動き回ってシャワーを浴びられない理由はないのよ。動き続けるのは良いことなの。それに関しては研究論文をたくさん読んでる。それに、シャワーはリラックスするのに役立つ。何も問題はないのよ。本格的に始まるまで時間はたっぷりあるから」

「わかった」ヒーラが今まで浴びてきたシャワーの中で最短にさせることを決意し、レオは言った。「君が本当にそれを望んでいるなら」

ヒーラは顔だけで笑い、レオの胸をたたいた。「大丈夫だって。私たちはこれをやり遂げられる」

レオはヒーラを浴室に連れていき、服を脱ぐのを手伝ってから後ろに下がった。「あとは大丈夫?」

ヒーラはうなずいたが、レオが向きを変えて浴室を出ようとすると止めた。「どこに行くの?」

レオは廊下を指さした。「シャワーが終わるまで廊下で待ってる。助けが必要になったら叫んで」

「だめ、あなたも一緒にいて」ヒーラは言い、その表情ににじむ期待と希望に、レオは崩れ落ちそうになった。彼女は、レオが切望の頂点のどれほど近くをさまよっているか気づいていないのだろうか?

レオは開いた浴室のドアを名残惜しそうに見たあと、ヒーラに視線を戻した。ヒーラの顔から思考をそらそうとしながらたずねる。「君は本当にそれでいいのか? ほら、僕たちは今こんな関係なのに」

ヒーラは一瞬ためらったあと言った。「お願い、レオ。あなたが必要なの。私はせいいっぱい冷静さを保っているけど、これはほとんど演技よ。あなたが支えてくれたら、本当に助かるの」

ヒーラの言葉に、羞恥、怒り、新たな決意がレオの中に湧き起こった。静かに発せられたその言葉には、今もレオを打ち負かす力があった。ヒーラが怯《おび》えるのは当然だ、初めてのことなのだから。レオは自分の行動の意味に疑問を抱く隙を与えず、妻を引き寄せて頭のてっぺんにキスをした。「僕はここにいるよ、ヒーラ。どこへも行かない。誓って言う」

「もう無理」新たな陣痛が体を走り、ヒーラはあえいだ。叫びたいと同時に泣きたかったが、意識の一部が静かにしろ、騒ぐなと命じていた。ヒーラは感情を表に出す、芝居がかったタイプではない。だが、この状態はあまりに長く、心が折れそうだった。

「ヒーラ？」

「何？」ヒーラは自分の口調の鋭さにたじろいだが、無理もないことだった。ベッドで四つん這《ば》いになり、出産は自然なものだから薬を使わなくても耐えられると心の中で繰り返し、痛みを受け入れようとしていたが、これほど痛いとそう簡単にはいかなかった。

「ヒーラ？」レオは繰り返した。

ヒーラはため息をつき、呆《あき》れて目を動かした。この人は、妻が忙しいのがわからないの？「何？」

レオはヒーラの体の脇に触れて優しく言った。

「君はよくやっている。あともう少しだ。進捗状況は完璧だ。教科書どおりだよ。それを伝えたくて」

「あと少しって何でわかるの？」ヒーラは急に腹が立ち、問いただした。「赤ちゃんはあなたの中にいるんじゃないでしょ？　あなたをずたずたに――」

レオはヒーラの文句から逃げるように、ベッドの足元へと引っ込んだ。ヒーラの右脚をさすり、なだめるように言う。「でも、僕は医者だ。たとえ実際に出産するのは君でも、僕のほうが立場が上だ」

「ふん」ヒーラは一蹴した。「あなたは骨折を治したり、命に関わる合併症から患者を救ったりしているんでしょう。私のように、定期的に新しい命をこの世に生み出す手助けはしていない。ここでは私が赤ちゃんの専門家なのよ、ドクター・ライト。わかった？　決断はすべて私が下す。あなたはただ、下から見た様子を教えてくれればいいの」

レオは笑って言った。「出産のせいで気難しくなっているな。もっと氷をなめる？　座ってみる？自分で状況を見られるように、鏡を持ってこようか？　それとも、僕を信じているから問題ない？」

「あなたを信じてる」ヒーラはあえぎながら言った。それは事実だった。ヒーラがどんな質問をしても、レオは粘り強く答えてくれた。情報を求めれば、ためらうことなく教えてくれた。今のところ、レオは出産のパートナーとして完璧だった。「私の願いは、これが終わって赤ちゃんを抱くことよ」

レオは再びヒーラの脚をさすった。「君は本当によくやっているし、最高にきれいだよ」

「きれいじゃないって」ヒーラはむっとして一蹴した。「疲れてるし、四つん這いだし、汗をかいてるもの。人の想像力のどこにも、ホルモンによって乱れた私の姿をセクシーと見なす領域はないでしょ」

「君は最高だ」ヒーラの文句を無視し、レオはさらに言った。「それに、僕は君を誇りに思っている」

「私、悪夢みたいな患者?」ヒーラはとつぜんすすり泣き、手で額をこすった。「私って最低な人間ね。あなたが助けようとしてくれているのに、私は意地悪だし、怒るし、とんでもなく感情的――」

「赤ちゃんに苦労させられているだけだよ」レオはそっと遮った。「君がこうなるのは当然だ。それに、僕はもっとひどい患者を診てきた。扱いにくさと行儀の悪さに関しては、君はマイナーリーグだ」

ヒーラは鼻を鳴らし、愚かな涙を拭った。「ありがとう、でいいのかな」

レオはほほ笑み、ヒーラの手をさすった。「でも、君ほど勇敢な患者は受け持ったことがない。追加の氷を持ってこなくても大丈夫?」

「ええ、そばにいてちょうだい」新たな陣痛に見舞われ、ヒーラは懇願した。「あなたが必要なの」

「もちろん」レオは言い、ヒーラの背骨の根元をさすった。自分たちの子供が生への旅の中で戦っている間、二人の目的は一致していた。「僕たちならできる。さあ、優しく押し出して。そう」

陣痛が和らぐと、レオはヒーラの様子を確かめ、赤ん坊の頭頂が見えると言葉を失った。「頭だ。ああ、ヒーラ。赤ちゃんの頭のてっぺんが見えるよ」

ヒーラは笑った。「本当に？」

「ああ、すばらしいよ。ほら、残りも出てきた」

「あと少し」ヒーラは警告するように言った。「私は一息つかないと。あなたはへその緒が赤ちゃんの首に巻きついていないか確かめるのを忘れないで」

レオはベッドの頭側に移動し、ヒーラの手を取った。ヒーラの湿った額に、音をたててキスをして言う。「君の準備ができてるなら、僕もできてる。次の部分は優しく、ゆっくりだ、急がないように。赤ちゃんの頭は出ている。本当によく頑張ってるよ」

レオがさっと足元に移動すると、ヒーラは力なく笑った。「押し出したい」

「よし、でも力をかけすぎるな。赤ちゃんは出てきている。へその緒の気配はない。肩が出てきた。僕が受け止める準備はできてるよ、ヒーラ。そう、その調子。そう。そう。ああ、すごい、きれいな子だよ、ヒーラ。僕たちの娘は最高にきれいだ」

11

しばらくして、どこか怒ったような泣き声が寝室に響きわたった。レオはわが子を抱き上げ、流れ落ちる涙を拭いもせず、体の前で揺らした。レオとヒーラの愛から作られ、怒り、むずかるこの奇跡の赤ん坊が、二人の子供なのだ。そして、二人は力を合わせ、このすばらしき小さな命を誕生させたのだ。

この子は完璧だ。生まれてまだ数秒の、少し汚れたかわいい大事な娘は、どこまでも完璧だった。

「大丈夫？」不安げな声がベッドの端から聞こえた。

レオは言葉が見つからず、さらなる涙で目を潤ませ、喉をつまらせてうなずき、疲れきってはいるが美しいヒーラが自分たちを待つ場所へと向かった。

タオルをつかみ、赤ん坊を温めるためにすばやく巻きつけたあと、注意深くヒーラの裸の体の上に置いた。まだ赤ん坊を胎盤につないでいるへその緒が突っ張らないよう、たえず気をつけながら。すぐに切るつもりだが、母親と赤ん坊の対面の時間が先だ。

ヒーラは疲れた笑顔をレオに向け、腹から胸の上に置かれた娘を興味深げに眺めた。その頬にゆっくり涙が流れる。震える指でためらいがちにそっと赤ん坊の顔に触れた。「私たち、娘を授かったのね」

レオはベッドの二人の脇に座った。人生で最も大事な二人の女性を抱きしめたくてたまらなかったが、まだやるべきことがあった。抱きしめる時間と機会はたっぷりある。むしろ、残りの人生すべてだ。

「ああ、レオ。この子、本当に……」言葉はとぎれ、ヒーラは赤ん坊を見つめた。愛情と驚嘆をきらきらと放ちながら、大事な頬に優しく指を走らせる。

「だろう?」レオは同意し、ヒーラの肩に腕を回した。生まれたての娘という驚異を、二人は黙って眺めた。ついさっきこの世に生まれて以来、今もこれからも二人の人生の中心となる、待ちわびたこの見知らぬ存在と知り合う間、言葉はいらなかった。

ヒーラは赤ん坊の手を軽くなでた。「何て小さな手。ねえ、レオ。爪がちっちゃい。私、こんな瞬間を経験できるとは思ってなかった。ずっと一人で生きていくんだと思ってたの。あなたに出会うまで」

レオは衝動に負け、ヒーラが赤ん坊を抱いている部分に片腕を回した。新たな涙がこぼれたが無視した。何カ月ぶりかに幸せを感じ、それを楽しみたかった。ここで、妻と娘とともに。心からいたいと思える、ただ一つの場所で。「かわいいね?」

この子を形容できる言葉はなかった。びっくりするほどかわいい、どころではない。とにかく完璧な、自分たちの娘。息をのむほどすばらしいこの子を、二人がどうやって作ったのかはわからないが、この子を贈ってくれたことをすべての聖人に感謝した。

「あなたに似てる」ヒーラはささやき、娘の黒っぽい髪を軽くなでた。

「本当に？」そうは思えず、レオは顔をしかめた。まさか。この子はきれいだが、自分は違う。ワイルドなどと言われることもあるが、鏡を見るたびに、昔から変わらない見飽きた顔があるだけだった。

「君のほうに似てる」レオは赤ん坊の下唇に触れた。娘が自分の指に吸いつこうとすると、心が溶けた。

「特に、口が。かわいいだろう？　君と同じだ」

ヒーラはほほ笑み、娘を見つめ続けた。「この子は単に、この子自身なんじゃない？　私たちが混じり合ってはいるけど、完全に一人の人間なのよ」

レオはその考えが気に入った。自分たちが作ったが、独自の存在なのだ。「君の言うとおりだ。誰が見ても、すばらしく、唯一無二の子だとわかるよ。お乳をあげる前に、この子を洗ってもいいか？」

ヒーラはうなずいた。「お願い。おじのボートのたんすのいちばん下に青い袋があるの。ベビー用品と新生児服が入ってる。数週間早く生まれた割には身長があるけど、オールインワンが着られるはず」

レオは身を乗り出し、思い止《とど》まる前に衝動に屈した。目を閉じて、ヒーラの唇にしっかりキスし、しばらく続けてから身を引いた。この女性を愛しているし、このキスから思いの深さが正確に伝わることを願った。「娘を産んでくれてありがとう」

ヒーラはほほ笑んだ。「こちらこそ」

レオはすばやくへその緒と胎盤の処理をした。ヒーラが椅子に座るのを手伝い、手早くシーツを交換したあと、ヒーラと赤ん坊をベッドに戻した。

汚れたリネンをすべて集め、ベッドの中央に座る妻子に目をやる。自分の家族。自分の妻と娘。

ヒーラは顔を上げ、レオにほほ笑みかけた。「いろいろあったけど、正しいことができたと思う」

レオはうなずいた。「ああ。僕はおじさんのボートに行って、袋を取ってくる」

ナロウボートの外に出たレオは足を止め、空を見上げた。何とかしてこの結婚を元どおりにしなくてはならない。ヒーラと単なる友達や礼儀正しい知り合いにはなりたくなかった。それ以上を切に願った。

さらに上を向いて、ささやいた。「ジョディ、僕はパパになったよ。娘ができた。すばらしい子だ」

レオはクリーム色の柔らかいニットのブランケットを娘に巻きつけ、ベッドに向かって歩いてきた。

「頭を支えて……」レオに指図する必要はないことに気づき、ヒーラはたじろいで言葉を切った。優しく慎重に赤ん坊の世話をする様子から、彼が十二分に有能なのはわかった。「ごめんなさい……この子があまりに愛《いと》おしくて、私も役に立ちたかったの」

レオはにっこりした。「君は過保護な新米ママだから、あれこれ心配するのは当然だよ。でも、僕は万事心得てる。君はこの子を生み出す作業を全部やってくれたんだから、つかのまの休息を楽しんで」

ヒーラはため息をつき、レオが清潔なものに替えてくれた枕にもたれた。レオは赤ん坊の誕生以来、動き続けている。最高の助産師代理だっただけでなく、後産を助け、ヒーラとベッドをきれいにし、今は娘の沐浴《もくよく》を終えたところだ。実に精力的な人だ。

「もちろんよ。ありがとう、レオ。何もかも」

「どういたしまして。でも、僕がやったのは楽なほうの仕事だ。今日奇跡を起こしたのは君だから。それに、君たちが病院に検査に行くのに、全身汚れたままってわけにはいかないだろう？」

ヒーラは室内に充満するほどのため息をつき、枕に身を寄せた。「検査には行かなきゃだめよね」

「君が家にいたいならそれでいいけど、産科の君の仲間はみんな、君と赤ちゃんに会いたがってる。電話でこの知らせを告げたとき、大喜びしてたから」

ヒーラはにっこりした。「そうね、行きましょう。帰る途中にテイクアウトで何か買えるし。それに、私もこの子を見せびらかしたい」

レオは笑い、ぐずる娘を揺らした。体を洗われ、服を着せられ、不満げな声から判断するに、乳を飲む準備も万全のようだ。「名前は考えた？」

ヒーラは満ち足りた気分で肩をすくめた。「二、三個は。あなたは？」

レオは身を乗り出し、娘をベッドの足元近くのマットレスの上に下ろした。ベビー用品の袋を取りに行くついでに取ってきた聴診器を手にし、片方の端を自分の耳に入れ、反対端に息を吹きかけて金属を温めてから、身をよじる赤ん坊の上に身を屈《かが》めた。

「何してるの？」レオが聴診器を赤ん坊の胸に当てるのを見て、ヒーラは顔をしかめた。

レオはヒーラに顔を向けた。「ざっと診察しようと思って。それで、名前は？　アラベラはどう？」

ヒーラはその名を検討した。「アラベラ・ライト。いいかも。うん、かなりいい。ミドルネームは？」

レオは顔をしかめ、聴診器を赤ん坊の胸の同じ箇所に当ててもう一度音を聴いた。いっそう顔をしかめ、何も言わず聴診器を少しずらす。

「どうしたの？」レオの心配そうな表情を見て、ヒーラはたずねた。彼が何かに頭を悩ませているのはわかった。体から緊張感が強く発せられ、二人の間の空間で脈打っているのが感じられるほどだった。

「いや――」

レオの言葉は、アートが二人の名前を呼ぶ声に遮られ、二人は揃《そろ》って開いた寝室のドアのほうを見た。

「こっちです」レオは叫び返し、ヒーラに渡すために赤ん坊を抱き上げた。彼がアラベラの頭にキスをして体を起こしたとき、アートが飛び込んできた。

「本当だったのか。レオがお前の袋を取りに来たとマギーが言っていてね」おじは勢いよく喋《しゃべ》りながら近づいてきた。「すごい、本当に生まれたのか」

ヒーラはレオの手を握った。ほほ笑みながらレオの顔を探ったが、異変は見当たらなかった。不安げな表情と硬い動作は、気のせいだったのだろうか。

ヒーラはおじに向き直って笑った。「そうなの。こっちに来て、又姪《まためい》に会ってちょうだい」

アートは近くに来て、赤ん坊を見下ろした。「ああ、何てかわいいんだ。あと、道路からオレンジが撤去されて通れるようになったことも伝えたくて」

「やっとか」レオは笑い、聴診器を首から外した。

アートはアラベラから目を離さずにうなずいた。

「小さな子だな。赤ん坊はこんなに小さいのか？」

「この子は小さいの」ヒーラは同意したあと、おじを安心させるように言った。「早産だけど、体重はすぐに増えるはずよ。それ以外は問題ない」

「おめでとう、二人とも」おじは言った。「赤ん坊はかわいいが、お前たちの生活は騒がしくなるぞ」

ヒーラは笑ってレオを見たが、彼が一緒に笑っておらず、かわいい娘を考え込むような目で見つめているのに気づくと、心臓が止まりそうになった。

聞き間違いではなかった。レオはここに来る車中、間違いであれと祈っていたが、娘の心音を聞いたときに気づいた音は、思ったとおりのものだった。病院に着くと、医師たちはすぐにレオの不安を裏づけた。アラベラには心雑音の疑いがあった。

ヒーラの病室のドアを開けたレオは、ドア口で足を止め、腕にアラベラを抱いた妻の姿を見つめた。目の前にある純然たる愛の場面に、その場から動けなくなった。本物の、純粋な愛。母子の愛。ヒーラが娘を抱いて見つめ、低い声でささやいて落ち着かせようとする様子に、それがはっきりと表れていた。

愛。

人の人生を意味あるものにする特別な感情。一日一日を生きる理由。財産は見映えはするかもしれないが、人の心を光と笑いで満たしはしない。本物の愛のように、人の心に平穏をもたらしはしない。

レオが伝えに来た知らせは、その愛の結びつきと、おそらく夫婦の結びつきをも試すだろう。それが怖いと認められないほど、レオはうぬぼれてはいない。すでにヒーラを失望させている。幸せな人生を約束したのに、意図せぬ心痛を与えただけだった。その困難を打ち壊し、自分の中につめ込まれた言葉を何とかして発するべきときに、ヒーラを締め出した。

「やあ」レオは挨拶し、病室の中に入った。この瞬間をこれ以上避けるつもりはない。病院に向かう車中で何度もレオを見ていた様子からして、妻はすでに異変に気づいている。それに、ヒーラと話したあとかけなくてはならない電話もある。急ぎの電話だ。

ヒーラはほほ笑み、その美しい笑顔はつねにレオの心の真ん中を強く打った。初めて自分に向けられたときに、虜《とりこ》になった笑顔。レオが恋した笑顔。

「ヒーラ、話がある」

不安がヒーラの表情から幸福感を消し去り、病室を横切っていたレオはたじろいだ。ここに自分の完璧な家族がいる。毎日目を覚ます目的が。心臓が一つ一つ鼓動を刻む本当の理由が。気は進まないが、ヒーラには真実を告げねばならない。隠し事はしたくなかった。一度それをし、その結果がこのありさまだ。ほかの誰かがうっかり心雑音のことを言ってしまう前に、ヒーラの考えを聞くのだ。もしほかの人の口から耳に入れれば、ヒーラはレオを憎むだろう。

レオはベッドに着くと、腰を下ろした。薄いマットレスが腰の下でしなった。唾をのみ、一拍置いてから口を開いた。「アラベラの診察が終わったよ」

ヒーラは顔をしかめ、レオが続けるのを待った。

「ええ、この子を連れてきた助産師にそれは聞いたけど、ほかには何も聞いてないの。異常なし？」

レオはためらったあと、ヒーラと視線を合わせた。その目ににじむ心配の色を見て、背筋がこわばる。ああ、この女性をどれほど愛しているか。あらゆる心配事からどれほど彼女を守りたいか。だが、これは二人の子供のことで、伝えなくてはならないのだ。

「レオ？」ヒーラは問いかけた。

レオの視線は娘に向かった。そのかわいい顔を見ていると、口角が上がった。なぜ生まれたての赤ん坊を醜いと思う人がいるのだろう？　この子は醜くない。何も考えず、何もせずとも、愛情がモンスーンより強く全身を吹き抜けた。この小さな娘のためなら、できないことも、与えられないものもない。

「何かあったんでしょう？」ヒーラはささやいた。

ヒーラの質問には驚かず、レオはうなずいた。助産師であるヒーラは、医療スタッフが赤ん坊の健康に懸念を持っている気配には簡単に気づく。すでに真実に思い当たっていてもおかしくない。「ああ」

ヒーラはいらだたしげにため息をついた。「レオ、私はばかじゃないのよ。診察手順は知っているし、見た感じ、あなたはずっと私に何かを隠している。私の子供に関する何かを。それが何か知りたいの。むしろ、今すぐ言いなさいと命じたいくらい」

レオはヒーラの手を取った。温かな手のひらを、冷たい手のひらで包む。咳払《せきばら》いをし、口の中の乾きをのみ込んで言った。「心雑音の疑いがある」

ヒーラはレオを一瞬見つめたあと、うなずいて娘に視線を移した。「確かなの？」

レオはヒーラの手を優しく握った。「ああ」

「そう。で、どうして私に言わなかったの？」

ヒーラの驚きのなさから、レオの直感が正しかったことがわかった。ヒーラは何かがおかしいと思っていたのだ。きっと、車に乗っている間、病院に着く前に、それが何なのかに思い至っていたのだろう。

「あなたは知っていた」ヒーラはレオを刺すように見つめて非難した。「家でアラベラの心音を聞いたときに。あのとき気づいたんでしょう？　なのに、一言も言ってくれなかった。どうして？」

レオは片手を上げ、ヒーラの言葉を遮った。「疑ってはいたけど、間違いであることを期待していたんだ。心臓は僕の専門じゃない。確かに、心音を聞いたときにシューという音を聞いた気はした。でも、まずはセカンドオピニオンが必要だったんだ」

「なぜ私に話してくれなかったのか理解できない。少なくとも、懸念があることは教えてほしかった。私はアラベラの母親よ。あなたの妻なの」

「君を心配させたくなかったんだ。心配する明確な理由があるとわかるまでは」レオはヒーラを安心させようと、必死にそう繰り返した。自分の思考の裏に軽率さも計算もなかったことを説明したかった。単に、確信を得るのが最善だと思っただけなのだ。

ヒーラは舌打ちをし、手を引き抜いた。顔を背け、まるで娘をレオと世界から遮断し、守るかのように、アラベラに回した腕をこわばらせた。「レオ、また私に隠し事をするのね。これからもずっとこう？」

レオは驚き、たじろいだ。その言葉は堪えたが、当然の報いだった。ヒーラはもちろん悪いふうに解釈するだろうし、レオもそれを否定できなかった。だが、今回レオが黙っていたのは、まずは事実を確かめたかったから。ヒーラに不要な心配をかけたくなかったからだ。ヒーラは出産直後で、とても幸せだった。その必要はないかもしれないのに、妻の喜びが打ち砕かれ、不安に取って代わられるのかと思うと、言えなかった。「あのときと同じではない」

ヒーラはレオに視線を戻したが、その灰色の目は荒れた空の稲妻のように光っていた。銀色の深みに、別の感情が混じっている。この数カ月間に何回も見てきたレオには簡単に判別できた。妻のレオに対する評価によく影を落とす、招かれざる相棒。失望だ。

「本当に？」ヒーラは静かにたずねた。怒りはすぐに消え、諦めに変わった。重く疲れたため息が続く。

「本当だよ。先に確認したかっただけなんだ」レオはヒーラにわかってもらいたくて、そう言い張った。これは本当に、ジョディが亡くなったときと同じではないのだ。自分の殻に閉じこもり、知らず知らずのうちに誰も彼もを、ヒーラを遠ざけようとしているのではない。ただ、ヒーラにもっと情報を与えられるまで待つほうが賢明な判断だと思っただけだ。

ヒーラは頭を振った。「でも、これっておなじみのやり取りじゃない？」

レオは再びヒーラの手に手を伸ばしたが、ヒーラは手を引っ込め、アラベラの下にたくし込んだ。レオから手を隠し、レオに触れられたくないことを明確に示した。「ヒーラ、やめてくれ。今は二人とも感情的になっているし、心配事がある。でも――」

「私の娘に異常はない」ヒーラは言い張り、灰色の光彩がレオに議論を挑んだ。「あなたやこの病院のほかの医者がどう思っているかは関係ない。私の赤ちゃんは完璧だし、これからも問題ないの。私は母親だから、それが真実だと心の奥底で知っている。もしこの子に何かあれば、私が気づくはずよ」

「ヒーラ、頼むよ。君が正しいのだとしても――」

「私は正しい！」ヒーラは断言し、アラベラを見下ろした。娘にかぶらせているピンクのニット帽をいじる。「私にはそれがわかるの」

レオはうなずき、それがヒーラの考えなのだと受け入れた。心雑音の正体が判明するまで、議論する理由はない。「わかった。でも検査はしないと」

ヒーラは鼻を鳴らし、さらに体をひねった。レオとレオの言い分から心を閉ざした。ヒーラがレオにしているのは、そう遠くない過去にレオがヒーラにしていたことだった。心を引き裂くこの強烈な痛みが、自分がヒーラに感じさせていたものなのか？

「もう行って」ヒーラは静かに言った。「眠りたい」

「アラベラをベッドに寝かせようか？」レオは申し出て、ベッド脇の小児用ベッドをあごで示した。

ヒーラは頭を振り、娘をいっそう自分のほうに抱き寄せた。「けっこうよ、自分でできるから」

電話をかける間ヒーラを一人にしたほうがいいと判断し、レオは立ち上がった。戻ったらヒーラと話すが、まずは電話をしなくてはならない。重要な電話だ。

「わかった」レオは歩いていき、ドアの前で足を止めた。「ヒーラ、僕を締め出さないでほしい」

ヒーラはレオがドアを出るのを待ったあと、静かに答えた。「それはあなたの十八番よ、私じゃなくて」

12

レオはガラスドアを開け、新生児科を出て、冷たく麻痺《まひ》した体にようやく希望が熱を放つことを許した。自分の最初の診断が裏づけられてからずっと、娘の思いがけない誕生の喜びの一部を拭い去りそうだった親としての心配に屈することなく、超然としていて冷静なプロの医師モードに切り替えていた。

大切な娘は先天的心疾患を抱えている。わかりやすく言えば、生まれつき心臓に問題がある。医師としてのレオの脳は、誕生時には心雑音があってもごく普通に健康に生きている赤ん坊は大勢いるという事実だけを見ようとしていたが、それと同じ理性的な意識が、わが子の場合その疾患が大問題になる可能性もなくはないという事実を忘れてくれなかった。

アラベラの心雑音の種類にすべてがかかっていた。ヒーラを病室に残したレオは、心臓専門医の友人に電話をかけ、娘の診察を頼んだ。この病院の医師を信用していないわけではないが、友人は世界トップクラスの心臓専門医だ。レオがこの人脈を利用することでそれができるなら、娘を最高の医者に診せたかった。スタッフの誰かの怒りを買っても構わない。これはヒーラとアラベラのためだ。ヒーラを再び失望させないためなら、できることはすべてやる。

幸い、友人はただちに承諾してくれ、今アラベラを診察していた。レオは診察室の外で待つことにした。助けようとしてくれている人たちから、わが子を連れ去りたくなる衝動に屈しない自信がなかった。

レオは急に疲れを感じ、廊下の壁際の手近な椅子に座った。目を閉じて病院の慌ただしい音を遮断し、妻とこの知らせに対する反応のことを考え始めた。

ヒーラの口調の頑固さと目に光る保護欲に、暗い気分ながら笑みが浮かんだ。娘は完璧だという妻の主張は正しい。その小さくもろい体の中で何が起こっていようと、アラベラは完璧だ。ヒーラがあれほど防御の態勢をとり、わが子へのいかなる批判も退けようとする様子に、レオの中に力強さと驚嘆が満ちた。母親の子供への愛の強さに改めて驚かされた。

ヒーラはレオの両親のように子供を無視したり、迷惑がったりはしないだろう。娘を守るためなら、大小にかかわらずどんな戦いにも挑むだろう。医療上の現実とこの状況に関するあらゆる可能性を知りながらも、その目の熱烈な輝きから、ヒーラがレオとこの病院の医師が全員まぬけだと思っていることが見てとれた。ヒーラがアラベラを見るとき、その目には美しい生まれたての赤ん坊しか映っていない。わが子を厄介だとも迷惑だとも決して思わないのだ。

レオは目を開け、壁に向かって頭をのけぞらせた。

そう、母の愛は力強く、今日ヒーラはその壮大さをリアルに、余すところなく見せつけ、レオはそれを目撃したことを光栄で誇らしいと感じた。

ヒーラはまた、レオがアラベラの心臓に関する懸念を黙っていたのを良く思っていないことも表明した。またもレオは妻を守ろうとして間違った道筋を選んでしまった。でも本当に、根拠が明確になるまでヒーラに恐怖や不安を与えたくなかったのだ。

だが実際には、レオを信頼しない新たな動機をヒーラに与えてしまった。今日これだけのことを二人で行い、アラベラを自分たちの人生に迎えたあとに。子供のために二人で協力して作り上げたもろい橋を、レオは黙っていることで壊したのだ。何かあったのかとヒーラにきかれたとき、なぜ率直に話さなかったのだろう？　アラベラの心音を聞いていて、シューという音を、血液の乱流の兆候を認めたとき、なぜヒーラに意見を求めなかったのだろう？　それは、レオの古い部分が、自分がすべての負荷を背負うことでヒーラを守りたがったからだ。さらに、本当に正直に言うなら、娘に問題がある可能性を認めたくなかったからでもある。ヒーラが言うように、アラベラが自分たちにとって完璧なときに、厳しい現実に向き合いたくなかった。また、自分の愛する誰かが再び奪い去られ、自分はそれを防ぐために何もできないのかもしれないとも考えたくなかった。

そして今、専門医の診断を待つレオは、ここに一人きりで座っている。自分が百回目に台なしにしたからだ。あるいは、そう感じているだけかもしれない。人々が自分の問題と悩みのことだけを考えながら通り過ぎる中、良い結果になることを祈っていた。神が自分の懇願を聞き入れ、最悪のシナリオから赤ん坊を救ってくれることを願い、娘が実際にどれほど悪い状態にあるのかを聞くのをそわそわと待つ以外、自分にできることは何もないと知りながら。

　あと何度、一人で立ち向かわなくてはならないのだろう？　いつだって助けはなく、孤独だった。避けられない事態を変える力はなかった。頼る人もなく、寄りかかる肩もなく問題に対処することに、レオは疲れ、うんざりしていた。カウンセラーは面談中、自分の感情を話すよう促したが、レオは本当は彼に話したくはなかった。自分の感情を荷下ろしする先にしたいのはヒーラだった。そばにいてもらい、内なる不安を告白したいのはヒーラだった。意見を聞きたいのはヒーラだった。体が崩れ落ちそうなときに腕を回してほしいのはヒーラだった。だが、自分がヒーラを遠ざけようとしたのに、なぜ彼女がそばにいてくれる？　自分の強さと理性がくじけたとき、ヒーラの強さと理性を受け入れなかったのに。

　ドアが開く音とよく響く足音に、レオは侘《わび》しい物思いから我に返った。振り向くと、友人の専門医がツイードの上着をはためかせ、すたすたと近づいてきていて、表情からは彼がアラベラに関してもたらす新情報が良いのか悪いのかは読み取れなかった。

　レオの首に震えが走り、口はからからになった。目が焼けそうになっても、友人の顔から視線がそらせない。べとつく両手をジーンズにこすりつけ、速い鼓動が耳の中でいっそう重く脈打つのを無視した。

　友人はレオの前に来ると足を止め、銀縁の眼鏡を外した。レオの隣に座り、咳払《せきばら》いをしてから目を合わせる。「二人きりになれる場所で話さないか？」

　ヒーラはなぜ自分が病院の庭に座っているのかわからなかった。診察が終わると、当番の医師は嬉《うれ》しそうに、出産を終えたばかりの女性にしては元気いっぱいだと告げ、ヒーラを解放した。その男性医師は、ヒーラは医師と同居しているから安心だと思ったのだろうが、三十分前に助産師が病室に来て、新生児集中治療室《NICU》で追加の検査をするからとアラベラを連れていったため、ヒーラはまだ帰れなかった。

ヒーラは両手を握り合わせ、ため息をついた。少なくとも今回は娘が連れていかれた理由がわかっているため、なぜ助産師は質問に明確な答えを返してくれないのかと、いらいらしながら考えずにすんだ。

ベンチの左側の植物の匂いが空気中に充満していた。その低木が何かはわからなかったが、匂いはアラベラのために買っておいたベビーローションを思わせた。まだ使っていないものだ。この数カ月間に赤ん坊のために買い集めたすべての品と同じように。

涙を拭い、腕組みをして、庭の中央の石造りの噴水から噴き出す水の滴りをじっと見た。それは心安らぐ音のはずだったが、ヒーラには耳障りだった。頭の中が、乱れた思考がごちゃ混ぜの鍋のようになっているとき、どうすれば気分が落ち着くだろう？

心雑音はそう心配することではない。必ずしも。新生児に心雑音があることは珍しくないし、誰もその理由はよくわからない。多くは心配するようなものではなく、数日、数週間経《た》てば消えてしまう。

だが、そのことを考えるたびに、アラベラの心音を聞いたあと嘘《うそ》をついたレオの顔が頭に浮かんだ。レオは不要な心配からヒーラを守りたかったと言った。ふん！　妹の死後の自分の落ち込みからヒーラを守りたかったというのとまったく同じだ。だが、それは保護欲なのか、単なる嘘なのか？　ヒーラは人生とその醜さから隠れなくてはならない無垢《むく》な人間ではない。訓練を受けた助産師で、時々この種の現象が起きることも知っている。助産師でありアラベラの母親であるヒーラが真実をありのまま聞く権利を、レオはプロとして尊重するべきだった。だが実際には、自分流の優しさからの決断をし、行動をとった。ヒーラを締め出すレオの行動様式がまた繰り返されたのか？　この数日間に二人で話し合ったことは無意味だった？　過去にそうだったように、レオの耳は閉ざされているのか？　レオは今も、ヒーラを世界とその厳しい現実から遮断する必要があると勘違いしている？　ヒーラは子供時代、普通の人以上に不快な事柄を経験し、対処してきたのに？

ヒーラは息を吸い、レオの視点からこの状況を見ようとした。ヒーラの子供時代がレオの決断の理由の一つだろうか。ヒーラを巻き込む前に事実が出揃《でそろ》うのを待ちたかったと彼は言っていたが、ヒーラが子供のころ多くのトラウマと混乱に晒《さら》されてきたことを考え、事実に直面させないようにしたのか？

だが、ヒーラは娘のことで気を使われたくはなかった。空っぽの腕はわが子を抱きたくてうずいているのに、娘は追加の検査を受けているため、それはできない。ヒーラはどんな検査かとたずねたが、友人で同僚であるはずの当番の助産師たちは曖昧な態度をとり、質問に答えず、休息と睡眠をとるよう諭してきた。助産師たちは優しかったが、ヒーラは自分があしらわれていればそれとわかる。ヒーラも患者に対する医療上の答えが得られず、親に不要な心配をさせるのを避けるときに同じ態度をとったことがある。ごまかされる親の側の迷惑を知った今、二度とすまいと心に誓った。これからはすべての親に正直になろう。暗闇に留め置かれ、粉々に砕けそうな壊れ物の新米ママとして扱われるのは快いものではなかった。不愉快だった。腹が立った。スタッフはなぜヒーラをそのように扱えるのか？　もっと理性を働かせてほしい。アラベラの母親であるヒーラには、この病院にいる誰よりも権利があるはずだ。

叫び、わめきたい気持ちもあった。またも恐ろしくわけのわからない地獄を経験していて、しかも一人きりなのだ。夫は姿を消し、娘は何だかわからないことをされていて、誰一人として、ヒーラも娘と一緒にいたいのではないかとは考えてくれない。ほかの人々が自分の赤ん坊のことで騒いでいる間、ヒーラは怯《おび》え、無力感を覚えているのではないかとも。

「ここにいたのか」

聞き慣れた低い声が背後で言った。今はあまり聞きたくない声。ヒーラはしぶしぶ顔を向け、両手を腰に置いて立っている夫を見た。レオの顔には疲れがにじみ、目には解読できない何かが浮かんでいた。

「またアラベラを連れていかれたの」ヒーラは言ったが、レオはすでに知っている気がした。だが、ほかに言うべき言葉が見つからなかった。急いで出ていき、自分を一人きりにした夫に、妻は何を言えばいい？　ついさっき、アラベラの出産中、二人は一つになり、強く結びついて、まともな夫婦に戻っていたが、今のヒーラはレオの顔も見たくなかった。

「知ってる。アラベラは新生児科で僕たちが迎えに来るのを待ってるよ」レオは歩いてきて、ベンチのヒーラの隣に座った。ヒーラに腕を回して引き寄せ、ささやく。「友達に連絡した。心臓専門医で、優秀な男だ。その分野のトップだ。その彼にこの病院でアラベラを診察してくれと頼んだら、来てくれた」

「あなたはそこにいたの？」ヒーラはこの話の続きを聞くのが怖かった。避けられない事態から隠れるのは非論理的だし不可能だが、急に先延ばしにしたくなった。レオはほかの場所で、何かはわからないが別のことをしている想像はしていたが、医師の友人に頼み事をしているとは思ってもいなかった。

レオはヒーラの頭にキスをし、回した腕に力を込めた。「ああ」

ヒーラが恐れていたようにレオは自分たちを見捨てたわけではなく、娘がその分野の専門家に診てもらえるようにしていたのだ。「あなたがいなくなったとき……確かに私は出ていけと言ったけど――」

「長い間放っておいて悪かったけど、僕は君に嫌われているのがわかったし、その医者と話がしたかったんだ。僕の友達で、今週だけ家族のもとを訪ねるためにロンドンにいることを知っていたから。普段はスコットランドを拠点にしていてね。彼が病院に来ることに同意してくれると、僕がすぐに診断結果を聞きに行くことを君は望むだろうと思ったんだ」

ヒーラはうなずいてたずねた。「どうだった？」

レオはいっそう強くヒーラの肩を抱いた。「問題は心臓弁が漏れやすくなっていることのようだ。保証はできないが、数カ月後にはアラベラの心臓は自然に治るだろうって。今後の通院で定期的に検査をして心臓のモニタリングはしなきゃいけないが、三人で家に帰って治療は自然に任せ、それ以上の介入はせずにいても、いっこうに構わないそうだ」

ヒーラはほほ笑んだあと、わっと泣きだした。娘は完全に危機を脱したわけではないが、心雑音は手術が必要なほど深刻なものではなかった。時間とともに心臓は治癒し、アラベラは普通の生活を楽しめるのだ。娘を失わずにすむ。アラベラは大丈夫だ。

ヒーラは涙越しにほほ笑んだ。濡《ぬ》れた顔を上着の袖で拭い、鼻をすする。「ああ、レオ、良かった」

レオは笑い、同意した。「そうだな」

その朗報を静かに受け止めながら、ヒーラはゆっくりとレオに体を預けた。彼の胸に顔を押し当てると、青いチェックのシャツの厚手の生地が頬に当たってがさがさした。だが、その感触と固い壁のようなレオの体は離れるにはあまりに心地よく、ヒーラはそのままでいた。この数時間、頭の中でささやいて自分を悩ませる憎しみの声を聞くことを拒んでいた。疑念と疑問でヒーラを満たすことだけが目的の声。ヒーラは頑として耳を傾けようとしなかった。心の奥深くで、愛《いと》しのわが子は大丈夫だとわかっていて、今レオがその信念を裏づけてくれた。娘のことになると、母としてのヒーラの直感は的確なのだ。

「レオ」ヒーラはシャツのボタンをもてあそびながら言った。「告白しなきゃいけないことがあるの」

レオはヒーラの顔を上に向かせた。「何だい?」

「あなたを悪者にしてしまったことを謝りたくて。この三十分間、最悪な方向に解釈していたの」

驚いたことに、レオは笑った。「そうなのか?」

ヒーラはうなずいた。「助産師の一人にあなたはどこにいるのかときいたら、姿が見えないと言われたの。あなたが病室を出ていったあと、私はひどい孤独を感じて、あなたは私とアラベラのもとを去ったんだと思った。私があんな反応をしたから――」

「君が僕を必要としているときに、僕が君たちを置き去りにしたと思ったのか?」

ヒーラはうなずき、レオの肩に頭をもたせかけた。レオが立腹するところを見たくなかった。「そう」

レオはため息をつき、ヒーラを抱き寄せた。たくましい腕がヒーラを繭のように包み込む。「またお互いを信じられるようになるには時間がかかるだろう。でも、一緒に生きる残りの人生でそれをすればいい。僕は心配していないし、君も心配しなくていい。僕たちに必要なのは時間だけだ」

ヒーラは顔を上げてきいた。「怒ってないの?」

レオはしばらく考えたあと、頭を振った。「もし心雑音のことを話したあと君が姿を消していたら、この数カ月間と僕の以前の態度を考えて、僕も同じ結論を出していたかもしれない。でも、心というこの旧友にかけて誓うけど、君とアラベラは僕が人生に求めるすべてだし、僕は君たちを置いてどこへも行かない。約束する、僕は物理的にも感情的にも君から決して離れない。僕の罪はここに専門医を呼ぼうとしたことで、それをする間、何もかも、誰も彼もを頭の中から追い出していたんだと思う」

ヒーラはため息をついた。「私、こういうふうになるのがいやなの……あなたを疑って――」

レオはヒーラの唇に指を当てた。「わかってる。僕にその不安を晴らすチャンスをくれ。僕の願いはそれだけだ。ヒーラ、君を愛してる。どれだけ君を愛しているかを証明するための二度目のチャンスをくれないか。カウンセラーの助けで、僕がしたことは何一つ妹のためにならなかったことは受け入れたけど、僕がもがいていたあのつらく暗い日々、あれを切り抜けられたのは君のことを考えていたからだ。君がいつか僕を許してくれるかどうかも、僕たちにともに生きる未来があるかどうかもわからないけど、どんなに小さな形でも君が僕の人生にいると思うだけで、戦う力が湧いてくる。君は僕の人生の輝きだ。一緒にいたこの数日間はかけがえのないものだった。一緒に暮らして、きちんと話をして。僕はほかの誰にも話したことのない感情を認めた。そして今、僕たちにはアラベラがいる。子供を育てる間友達でいることだけが君の望みなら、僕はそれを受け入れる。君が与えられると思うものだけを僕は受け取るよ」

ヒーラは今も愛する男性の顔を見つめ、彼のいない人生は空虚なものでしかないととつぜん悟った。ただ生きているだけで、心の底から楽しむことはない人生。雨の降らない空、土のない草のように。ヒーラは四カ月間、二人の愛を諦め、すべての時間を憎もうとしてきた。四カ月もの間、毎日ただ存在しているだけだった。あのような空虚な形で残りの人生を生きるのはいやだった。その必要もないのに。

「それがあなたの望み?」ヒーラはたずねた。「単なる友達になって、それ以上にはならないこと?」

レオは頭を振った。「違う。僕は戻りたい、わが家に……君に」

「本当に?」ヒーラはささやいた。

レオはヒーラの心臓がある位置に指を二本当てた。「ここに。君の心の中にあるわが家に戻りたい」

ヒーラは唾をのんだ。自分の心の望みはすでに理解していると確信し、この一週間を使って二人の関係に別れを告げようと考えていた。何とまぬけで傲慢な愚か者か。いや、愚か者ではない、臆病者だ。自分の結婚のために戦わず、逃げ出した。レオが力づけてほしがっていたときに、くよくよしていた。倒れたレオを助け起こさず、立ち去って拗《す》ねていた。

〝どれだけ君を愛しているかを証明するための二度目のチャンスをくれないか〟

レオは二度目のチャンスを求めてきた。ヒーラこそがそれを求めるべきだったのに。いや、求めるのではない、懇願するのだ。ヒーラは安易な選択をし、結婚から逃げた。それがなじみのない局面を迎えたのが気に入らなかったからだ。不安だった子供のころと同じように、不快な状況に踏み止《とど》まり、立ち向かうのが怖いあまりに、荷物をまとめて出ていったのだ。だが、ヒーラはもう子供ではない。強い女性だ。強い女性になるのを、レオの愛情と理解が助けてくれた。レオはヒーラを励まし、自信で満たしてくれたのに、彼がヒーラを最も必要としていたとき、ヒーラはその同じ自信を返すことができなかった。

だから、そう、ヒーラも二度目のチャンスを懇願しなくてはならない。レオだけでなく。ヒーラの不安がとても大切な何かを二人から奪うところだったのだ。二人の結婚を。そして今、ヒーラが勇気を出し、結婚のために戦うべき時が来た。レオのために。

ヒーラは唇をなめて言った。「条件があるの」

レオの視線がヒーラの顔を探った。「どんな？」

「私があなたをどれだけ愛しているかを、あなたに証明するチャンスをくれること。レオ、私はあなたを失望させた。だから、あなたと同じく、私も証明しなきゃいけないことがあるの」

「そんな——」言いかけたレオをヒーラは止めた。

レオの唇に指を当て、頭を振る。「本当のことよ。実は、私は愛がどんなものかわかっていないの。あなたに正しいやり方を教わったほうがいいのかも」

レオの唇に笑みが浮かんだ。「いいよ。でも、一生分の時間がかかるかもしれない。誰かを愛するのは特別な技だし、急《せ》かしてはいけないものだから」

ヒーラは笑った。「私、良い生徒になります」

「君に約束してもらいたいことがある」レオはヒーラの指の腹にキスし、そこに唇をつけたままにした。

「何?」ヒーラはたずねた。

「僕が話をしなきゃいけないときに正直になれるよう、力を貸してほしい。カウンセラーもいいけど、彼は君じゃない。君は誰よりも僕のことを理解できる。僕が尊重し、求めているのは、君からの評価なんだ。この四カ月間は地獄で、孤独だった。ヒーラ、君が恋しいよ。僕がもっと優れた、正直な人間になるのを助けてほしい。君の愛に値する人間に」

ヒーラは急にあふれた涙を無視し、うなずいた。レオに頼まれたとおりにしようと思った。時間がかかり、失敗もたくさんあるだろうが、この男性を彼が望む形で愛そうと誓った。自分たちの関係が行きづまったのは、二人ともが過ちを犯し、昔ながらの習慣に頼ったからだ。二人が出会う前に身につけた習慣に。だが、悪い習慣の良い点は、それを打ち壊し、新しい行動様式を身につけられるところだ。

「あなたに頼みがあるの」ヒーラは言った。上着のポケットに手を入れ、指輪を取り出す。簡素な金の輪だが、それが象徴するものはあまりに重かった。

レオは顔をしかめた。「君の結婚指輪だ」

ヒーラはうなずき、それを二人の間に掲げた。

「アラベラの出産中は枕の下に入れていて、ここに来るときも持ってきたの。幸運のお守りみたいに」

最近別居していたことを考えると筋が通らなかったが、今ではほとんどのことが筋が通らないのだ。

ヒーラは指を震わせ、指輪をレオに差し出した。

「これを元の場所に戻してくれない?」

ヒーラの言葉の意味を理解すると、レオは目を丸くした。「本当に、それが君の望みなのか?」

ヒーラはうなずいた。疑いも懸念もささやきかけてはこず、正しい決断だという確信だけがあった。ヒーラの心全体が、あらゆる意味におけるわが家に帰るよう促していた。二人の関係の砕けたかけらを、不安定でもろい約束のつぎはぎではなく、頑丈で手《て》強《ごわ》い愛から作られた固く強い補強材で修繕するよう。

「時間が必要ならそう言ってほしい」レオは言った。

ヒーラは頭を振った。「時間はいらない」

「僕が指輪を戻したら、君は二度と出ていってはいけない。どんな問題が生じても、二人で同じ屋根の下に留《とど》まって、それに取り組むんだ」レオは言った。

ヒーラはにっこりした。「わかった。あなたが話をしてくれると約束するなら、私は出ていかないと約束する。私たちは一緒にいれば強くなれる。私はもう一人ぼっちじゃないと理解するのに長い時間がかかったけど、あなたも絶対に一人ぼっちにはさせない」レオの手を持ち上げ、自分の胸に当てる。

「あなたもわが家に帰ってきて、レオ」

レオはヒーラから指輪を受け取り、ゆっくりと慎重にヒーラの指にはめた。ヒーラは手を上げ、居心地よさそうに収まった指輪にキスをした。「君がこれをまた外す理由を決して作らないと誓う。君の言うとおり。僕たちは一緒にいれば完全体になれる」

ヒーラは満ち足りて幸せな気持ちでため息をついた。熱烈に愛している男性を見て言う。「娘を迎えに行って、家に連れて帰りましょう」

レオはほほ笑み、ヒーラの手にキスした。「君とアラベラといられる場所が、僕が唯一いたい場所だ。でも、その前にやらなきゃならないことがある」

「何?」ヒーラはたずねた。

「君にキスすることだ」レオは言った。

そして、そのとおりにした。その後、レオとヒーラはようやく、自分たちがいつもいるべき場所であるわが家に帰った。

エピローグ

　ヒーラはアラベラの黒っぽい頭にキスし、娘独特の匂いを作っている石鹸《せっけん》とベビーローションと小さな女の子が混じり合った匂いを吸い込んだ。娘が着ているアンティークのアイボリーのロングドレスを直すと、幸せな穏やかさがヒーラの中に入り込んだ。最近おなじみの感覚で、ヒーラはそれを大切にしていた。

　生後六カ月になったヒーラの美しい赤ちゃんは、今のところ輝かんばかりに健康で、小さな心臓は医師たちの期待どおりに動き、自然に治りつつあるようだった。ヒーラは改めて人体の治癒力に驚き、その奇跡を天に感謝した。

　ロンドンの教会の高い塔の時計を見て、それが一時を告げると、ヒーラはほほ笑んだ。周囲では友人と家族と同僚たちが教会の建物の中に入っていき、アラベラの洗礼に立ち会い、祝福しようとしていた。
　三、四日続いた雨のあと、今朝は太陽が再び顔を出すことを選んでくれ、その温かな日差しが慌ただしい街を温め、誰もが気分を高揚させていた。
「大丈夫？」

　ヒーラは自分たちに腕を回している男性に身を寄せた。「興奮と緊張が混じってる。あなたは？」

「アラベラならやれるよ」レオは答えた。「この子は何をするときも主役になるんだ。今日が例外だとは思えないよ。この小さなスターなら」

　どんな問題も失望も不安も、今はなかった。二人は前に進み続け、自分たちの関係と家族を構築していた。二人とも自分が愚かにも犯した過ちから教訓を得ていた。つらいときも話し合える人生を一緒に作ると決意していた。そして、時につらいことはあったが、二人でともに対処し、切り抜けてきた。

二人は共有し、成長することを学んだ家族だった。アラベラの誕生以来、それは強化されていた。二人は不安定な始まりを戦い、生き延びた。もう隠れることもなければ、相手を遮断しようともしない。とりわけ、出ていくことはしない。スーツケースはベッドの下にしまわれ、ヒーラはそれを休暇と休暇の間は埃《ほこり》をかぶるままにするつもりだった。

ヒーラはほほ笑み、レオの腕の中で軽く向きを変えた。ダークスーツを着たレオを見ると、口に唾が溜《た》まる。このあと家に帰ったら、絶対にレオがスーツを脱ぐのを手伝おう。シャツも。ネクタイを外すのも。

「私が愛してるって、知ってる?」ヒーラは言った。

レオの目に幸福の色といたずらっぽい輝きが浮かんだ。「ミセス・ライト、わきまえなさい。でないと、ここでみんながいる前で、君のかわいい唇を奪うぞ」

「教会の前で?」ヒーラはからかい、両眉を上げた。「なんてお行儀の悪い人なの」

レオは笑った。「空にいる例の方はわかってくれるよ。君は僕のソウルメイトだ、なぜキスしたいと思ってはいけない?」

ヒーラはほほ笑み、大事な娘を抱きしめた。今夜は三人で早めにベッドに入ろう。ヒーラがレオに出会い、恋に落ちたとき、彼は単なる情事以上のものをくれた。この腕の中にヒーラの居場所を、永遠にヒーラの本当のわが家となる場所を作ってくれた。

「僕のかわいこちゃんたち、準備はいいかい?」レオはたずね、両腕を下ろして片手を差し出した。

ヒーラはその手を取り、愛する男性を笑顔で見上げた。「いつだって。あなたのためなら、いつだって」

ハーレクイン®

絆を宿した疎遠の妻
2023年8月20日発行

著　　者	シェリー・リバース
訳　　者	琴葉かいら（ことは　かいら）
発 行 人	鈴木幸辰
発 行 所	株式会社ハーパーコリンズ・ジャパン 東京都千代田区大手町 1-5-1 電話 03-6269-2883（営業） 0570-008091（読者ｻｰﾋﾞｽ係）
印刷・製本	大日本印刷株式会社 東京都新宿区市谷加賀町 1-1-1
表紙写真	© Nataliya Dorokhina ❘ Dreamstime.com

ISBN978-4-596-52116-3 C0297

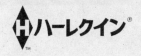

8月30日発売　ハーレクイン・シリーズ 9月5日刊

ハーレクイン・ロマンス　愛の激しさを知る

十六歳で宿した恋のかけら	クレア・コネリー／上田なつき 訳	R-3805
世継ぎを授かった灰かぶり	エミー・グレイソン／柚野木　菫 訳	R-3806
非情なウエディング《伝説の名作選》	リン・グレアム／漆原　麗 訳	R-3807
ボスの十二カ月の花嫁《伝説の名作選》	マクシーン・サリバン／すなみ　翔 訳	R-3808

ハーレクイン・イマージュ　ピュアな思いに満たされる

再会愛と大きすぎる秘密	スカーレット・ウィルソン／堺谷ますみ 訳	I-2769
若すぎた恋人《至福の名作選》	ダイアナ・パーマー／山田沙羅 訳	I-2770

ハーレクイン・マスターピース　世界に愛された作家たち ～永久不滅の銘作コレクション～

愛を請う予感《特選ペニー・ジョーダン》	ペニー・ジョーダン／萩原ちさと 訳	MP-77

ハーレクイン・ヒストリカル・スペシャル　華やかなりし時代へ誘う

伯爵を愛しすぎた家なき家政婦	ローラ・マーティン／加納亜依 訳	PHS-310
裏切られたレディ	ヘレン・ディクソン／飯原裕美 訳	PHS-311

ハーレクイン・プレゼンツ作家シリーズ別冊　魅惑のテーマが光る極上セレクション

惑いのバージンロード	ミシェル・リード／柿原日出子 訳	PB-368

※予告なく発売日・刊行タイトルが変更になる場合がございます。ご了承ください。